KB033574

기다리기에는
내일이
너무
가까워서

기다리기에는 내일이 너무 가까워서

하고 싶은 일을 찾은 여섯 명의 청소년

초판 1쇄 펴낸날 2022년 2월 15일
초판 4쇄 펴낸날 2024년 12월 10일

지은이 문숙희
펴낸이 이건복
펴낸곳 도서출판 동녘

편집 이정신 이지원 김혜윤 홍주은
디자인 김태호
마케팅 임세현
관리 서숙희 이주원

만든 사람들
편집 김혜윤 **디자인** 서주성

인쇄·제본 영신사 **라미네이팅** 북웨어 **종이** 한서지업사

등록 제311-1980-01호 1980년 3월 25일
주소 (10881) 경기도 파주시 회동길 77-26
전화 영업 031-955-3000 편집 031-955-3005 **팩스** 031-955-3009
홈페이지 www.dongnyok.com **전자우편** editor@dongnyok.com
페이스북·인스타그램 @dongnyokpub

ISBN 978-89-7297-024-8 (03810)

하고 싶은 일을 찾은
여섯 명의 청소년

기다리기에는 내일이 너무 가까워서

이아진 ★ 심수현 ★ 김지우 ★ 윤현정 ★ 최형빈 ★ 신유진

문숙희 인터뷰집

동녘

프롤로그

우리가 만난 이유

저는 새 학기가 늘 설레는 아이였습니다. 새로운 학년, 새로운 선생님, 새로운 친구들이 궁금하고 기대됐어요. 매년 모든 게 달라졌지만, 학기 초에 장래 희망을 적어내야 한다는 건 변하지 않았어요. 초등학교 때부터 고등학교 때까지 늘 같은 질문을 받았죠. 초등학교 6학년 때 장래 희망을 써냈던 순간이 아직도 생생해요. '프리랜서'라고 적었거든요. 우연히 본 한 학년 언니의 장래 희망이 멋있어서 따라 쓴 거였어요. '하고 싶은 일을 자유롭게 하는 사람'이라는 의미가 솔깃했고요. 그날 친구들에게 프리랜서의 뜻을 설명하면서 제 자신을 특별하게 느끼기도 했답니다. 하지만 중학생이 되고는 언제 그랬냐는 듯 장래 희망에 '선생님'을 적어 냈어요. 주변에서 볼 수 있는 직업 중 가장 멋있어 보이기도 했지만, 그게 마음 편하기도 했거든요. 왜 그 직업을 썼냐는 말에 쉽게 답할 수 있고 주변 어른들의 기대도 충족하는 직업이니까요. 나만의 답보다는 정답을 찾아야 한다고 생각했던 거예요.

이 책은 그때의 저와 비슷한 마음으로 진로를 고민하는 청소년이 자신의 안에서 답을 찾는 데 도움이 되길 바라며

썼습니다. 하고 싶은 일을 알아채고 확신을 갖게 된 청소년들의 여정에 대한 이야기를 모으면, 입시와 취업이 정답이 아닌 건 알지만 어디서부터 어떻게 시작해야 할지 모르는 사람들이 다양한 경로를 상상하는 데 도움이 될 거라고 믿었어요.

인터뷰이를 선정하는 데 몇 가지 기준이 있었어요. 첫째, 지금의 청소년과 동시대를 살고 있는 2000년대생 또래를 찾았습니다. 다른 시대에 청소년기를 보낸 어른들의 이야기보다, 지금 자신만의 기준과 방식을 찾아 새로운 경로를 만들어가는 중인 친구들의 이야기가 실질적인 실마리를 줄 수 있을 것 같았거든요. 둘째, 자신이 관심 있는 것을 찾고 계속 해나가기 위해 '일'이라는 방식을 선택한 사람들이어야 했습니다. '일'의 정의도 새로 정했어요. 월급의 유무 대신 일정 시간을 들여 꾸준히, 진지한 태도로, 혼자가 아니라 세상과 영향을 주고받으며 활동하고 있는지를 일의 기준으로 삼았습니다. 자신의 분야에서 큰 성공을 이룬 사람보다는, 차근차근 커리어를 쌓아가고 있는 사람의 이야기를 듣고 싶었어요. 마지막으로 일의 다양성을 고려했습니다. 직업명 너머에 있는 일의 속성을 보려고 노력했어요. 창의성이 필요한 일, 기술이 기반이 되는 일, 더 나은 세상을 만드는 일, 나의 한계를 넘어서는 일, 편견에 노출되기 쉬운 일 등을 골고루 다루고 싶었습니다.

그렇게 패션 디자이너 심수현, 콘텐츠 크리에이터 김지우, 기후 활동가 윤현정, 플랫폼 프로듀서 최형빈, 종합격투기 선수 신유진, 목조주택 빌더 이아진을 차례로 만났습니다. 먼 미래가 아닌 지금 여기에서, 자신의 선택을 믿고 한 걸음씩 나아가고 있지만 확신보다는 설렘과 불안함 사이를 오가며 걷고 있는 사람들이었어요.

인터뷰에 응해준 여섯 명은 입을 모아 진로를 고민하는 친구들에게 도움이 될 수 있다면 함께할 이유는 충분하다며 솔직하게 자신의 이야기를 나눠줬습니다. 그 어려움을 누구보다 잘 알고 있기 때문일 거예요. 어른이 되기를 기다리기엔 내일이 너무 가까웠던 사람들과 인터뷰를 하면서, 특히 중요하게 생각한 건 내 일을 찾기까지 어떤 여정이 있었는지 구체적으로 확인하는 거였어요. 어느 정도 성취를 이룬 후의 이야기보다는 관심이 싹튼 계기와 그 후 가장 먼저 시도해본 것, 관심에서 일로 나아간 전환점, 계속 일을 해나가는 동력, 학교에 대한 생각을 엿보면 이 책을 읽는 청소년이 무언가를 시작하고 싶다는 마음이 들지 않을까 하는 기대감이 있거든요. 각 인터뷰는 독자에게 던지는 질문으로 마무리됩니다. 내 안에서 답을 찾아가는 여정의 시작점이 될 수 있을 거예요.

하지만 새로운 길을 찾는 걸 청소년 개인의 몫으로 남겨두자는 이야기로 읽히지는 않기를 바랍니다. 20년 내에 지금 있는 직업의 절반이 사라질 거라는 경고를 듣고 자라는 세대에게 새로운 경로를 찾는 건 어쩌면 필수적이지만, 다양한 진로 탐색을 시도해볼 수 있는 안전망은 마땅치 않아요. 청소년이 자신의 가능성을 발견하고 미래를 준비할 수 있으려면 사회적 변화가 필요합니다. 그리고 변화의 방향을 결정하는 과정에서 청소년의 목소리가 반영되기를 원합니다. 이 책이 청소년과 함께 진로를 고민하는 중이거나, 변화에 영향력을 발휘할 수 있는 어른들에게 고민거리를 던지길 바랍니다. 일찍이 자신의 일을 시작한 청소년에게 기특하다는 시선을 보내기보다는 어떤 노력을 들여 그 자리까지 갔는지, 어떤 도움이 있었다면 덜 불안하고 힘들었을지를 생각해보면 좋겠습니다.

여섯 명의 인터뷰이는 나와 동시대를 살아가고 있는 사회 구성원이자 동료입니다. 그들이 일을 대하는 태도와 관점은 일에 대해 고민하는 누구에게나 영감이 될 거예요. 진로에 대한 고민은 그 크기와 모양이 달라질 뿐, 영원하잖아요. 앞으로 어떤 일을 하고 싶은지 내 안의 목소리를 찾고 있다면, 책을 따라 구불구불 걸어보세요. 어딘가 생각이 멈춰서는 지점을 찾을 수 있을 거예요.

차례

N°21
VIA SANTO SPIRITO
MILANO

상상과 현실을 모두 담아내는 세계

패션 디자이너

심수현

2002년생. 고등학교 2학년이었던 2019년, 웹예능 〈고등학생 간지대회〉에 출연해 3위를 차지했다. 매 미션마다 머릿속에 그린 스타일의 옷을 직접 제작하는 모습을 보여줬다. 2020년에는 브랜드 '심수현 아카이브'를 통해 자신의 세계관을 담은 옷과 컬렉션을 선보이기도 했다. 새로운 콘셉트를 제안해 트렌드를 이끄는 데 관심이 있다. 자신의 컬렉션으로 패션쇼를 여는 디자이너가 되는 게 목표다. 이번 생의 직업은 패션 디자이너 하나면 충분하다고 생각한다. 얕게 두루두루 아는 것보다 좋아하는 것을 깊게 파는 스타일이다. 디자인 스케치나 시침핀 작업을 할 땐 쭈그려 앉아서 작업해야 잘 된다. 옷을 만들 때는 이상하게 높은 집중력이 발휘된다. 인생의 낙은 작업이고, 가장 좋아하는 스스로의 모습도 작업할 때의 나다.

해시태그 ‘OOTD’*를 검색해 각기 다른 스타일의 옷을 입은 사람들을 보다 보면, 패션은 스스로를 표현하는 가장 좋은 도구라는 생각이 든다. 아이돌마다 무대 의상의 이미지가 다른 것처럼 자신의 정체성을 보여주는 데는 패션만한 게 없다. 하지만 나를 잘 표현하는 스타일을 찾는 과정은 말처럼 쉽지 않다. 유행이나 다른 사람들의 시선보다 나의 취향에 관심을 기울여야 하기 때문이다.

수현은 초등학생 때부터 패션에 관심을 갖기 시작했다. 유행하던 아이템을 구매하는 것으로 시작해서 리폼, 커스터마이징의 과정을 거쳐 고등학생 때는 직접 만들고 싶은 옷을 만들어 입는 단계까지 갔다. 2019년에는 청소년들이 패션으로 경쟁하는 과정을 담은 웹예능 〈고등학생 간지대회(이하 고간지)〉 시즌 1에 출연했다. 〈고간지〉의 첫 에피소드는 공개 일주일 만에 누적 조회수 360만을 달성했고, 한 달도 채 안 돼 채널 구독자 수 10만 명을 돌파해 화제가 됐다. 개인 브랜드 론칭, 연봉 1억 원 계약, 효도 벤츠라는 우승 상품이 주목받기도 했다.

* Outfit Of The Day. 오늘 입은 옷차림.

N°21
VIA SANTO SPIRITO
MILANO

〈고간지〉는 매회 제시되는 미션을 자신만의 시각으로 해석하고 패션으로 소화한 사람만이 다음 단계로 나아갈 수 있는 서바이벌 형식이다. 웹툰의 등장인물에서 영감을 얻은 옷을 디자인하거나, 스포츠 브랜드 제품의 룩북에 담길 이미지를 기획하기도 했다. 수현은 기성복을 조합한 코디를 선보이기보다는 직접 옷을 제작하거나 개조해 높은 평가를 받았다. 젠더리스 패션*을 추구하고, 자신의 이야기가 담긴 옷을 제작하는 모습을 통해 개성이 뚜렷한 인물로 그려지기도 했다. 최종 단계까지 진출한 수현은 20명 중 3위를 차지했다. 방송 이후 인지도를 얻어 인플루언서로서 소속 회사가 생겼고, 2020년에는 회사의 도움을 받아 개인 브랜드 '심수현 아카이브(Simsoohyun Archive)'를 론칭했다. 이후 패션에 대해 더 배우고 싶어서 파리에 있는 패션 학교 IFM(Institut Français de la Mode)에 지원했고, 2021년 8월부터 재학 중이다.

따라할 바에는 달라지자는 마음

〈고간지〉 시즌 1에서 '패션 디자이너'라는 정체성을 가진 건 수현뿐이었다. 머릿속에 떠오르는 옷을 직접 만들 수

* 성별을 구별하지 않는 패션.

있는 능력은 상상력을 맘껏 발휘하게 했고, 수현은 매번 자기다운 작업을 완성했다. 마지막 미션에서 수현은 친구들과 어울리기보다는 공상에 빠져 보내는 시간이 길었던 어린 시절 자신의 모습을 패션 화보로 표현했다. 상상 속을 자유롭게 탐험하던 모습과 현실에서 느낀 외로움을 모두 담아, 당시 느꼈던 감정을 이미지로 구현한 것이다. 패션으로 스스로를 담아내는 아티스트가 되기까지 수현은 어떤 시간을 보냈을까. 패션에 대한 관심을 이어간 과정에 대해 물었다.

“ 초등학교 5학년 때 우연히 지드래곤의 〈삐딱하게〉라는 노래를 들었어요. 빨간색 배경에 검정색 로고가 찍힌 앨범 커버를 보면서 음악을 듣는 순간, 지드래곤이 이 지구라는 세계관의 주인공 같다고 느꼈어요. 검색을 해보니까 '패셔니스타'라고 불리더라고요. 나도 이 사람처럼 되고 싶다는 생각이 들어서 유행하던 스냅백*을 샀어요. 그게 패션에 대한 관심의 시작이었어요. 돌이켜 보면, 어릴 때부터 영화에 나오는 캐릭터들의 종이 인형을 만들어 놀았더라고요. 영화 속 소품이나 피규어 같은 것들을 가져야 직성이 풀리는 아이기도 했고요. 그때부

* 뒷부분에 단추가 있고 챙이 빳빳한 힙합 스타일 모자.

터 수트나 코스튬에 관심이 많았나 봐요. ”

뮤지션에게서 받은 영감을 계기로, 수현은 미니멈부터 맥시멈까지 다양한 스타일을 시도했다. 새로운 시도를 할 때마다 자신과 어울리는 패션을 찾고 실패를 인정하는 걸 반복한 끝에 지금의 스타일을 찾았다. 패션에 대한 관심에서 머무르지 않고 직접 옷을 만들기 시작한 데는 이유가 있었다.

“ 옷을 바꿔보기 시작한 건 중학교 2학년 즈음이에요. 저희 집은 당시 유행하던 비싼 브랜드의 옷을 사줄 만한 형편이 아니었어요. 그래서 항상 친구들을 부러워만 했는데, 문득 그런 생각이 들더라고요. '따라서 입을 바에는 달라지자.' 양천구 신곡시장에 있는 구제 옷 가게에서 몇천 원짜리 셔츠를 사서 조금씩 리폼을 해봤어요. 처음에는 락카 스프레이나 패브릭 마커로 옷에 그림을 그렸죠. 그러다가 바느질을 배우게 됐어요. 부모님이 맞벌이를 하셔서 할머니 손에서 자랐는데, 할머니 어깨 너머로 바느질을 익혔어요. 처음엔 서툴렀어도 나중에는 익숙해져서 가정 과목만 수행평가 점수가 좋게 나오기도 했죠. ”

자신의 손으로 할 수 있는 걸 차근차근 늘려간 수현이, 옷을 바꾸는 일에서 만드는 일로 나아간 데는 새로운 기술의 도움이 컸다.

“ 손바느질만 하니까 힘들어서, 고등학교 1학년 때 할아버지가 주신 용돈으로 재봉틀을 샀어요. 그때 산 ‘브라더’ 재봉틀을 지금도 잘 쓰고 있어요. 처음 재봉틀이 생긴 날에 원단 쪼가리들을 무작정 붙여봤는데 생각보다 예쁜 거예요. 그래서 허리춤에 스트링을 달아 랩스커트를 만들어서 겨울 내내 입고 다녔어요. 〈고간지〉에서도 자주 입었고, 지금도 아끼는 옷이에요. 재봉틀이 생기고 많이 성장했어요. 작업하는 시간도 급속도로 단축됐고요. 그렇게 옷과 가까워지고 나니 어느 순간부터 편집샵에서는 제가 원하는 옷을 발견하기가 어렵더라고요. ”

원하는 옷을 마음껏 사고 입기 어려웠던 환경 속에서 수현은 상상력을 발휘해 자신만의 길을 개척했다. 재봉틀이 생긴 날부터 꾸준히 옷을 만들었다는 이야기를 들으며, 수현에게 특별한 재능이 있었기 때문에 가능했던 건 아닐지 물었다.

〈고간지〉 첫 번째 미션에서 젠더리스 패션을 보여 준 수현.

" 타고난 재능이 있는 건 아닌 것 같아요. 저는 옷을 만들며 실패를 많이 해봤거든요. 제대로 만들지도 못하고 버리는 옷들이 아직도 엄청 많아요. 경험이 쌓이다 보니까 이제 옷의 구조가 보여요. '이 부분을 자르면 내가 원하는 핏이 나온다'는 확신은 옷을 많이 만들어봤기 때문에 생긴 거죠. 패턴을 뜨고 재단하고 재봉틀로 봉제하는 법을 먼저 배운 게 아니라, 기존에 입던 옷을 리폼하는 방식으로 시작했기 때문에 옷의 구조를 좀 더 빨리 이해했던 것 같아요. 어릴 때 화실을 다니며 색 보는 법을 익혀서 톤의 미묘한 차이를 예민하게 구분하는 편인데 이런 감각이 패션 일을 하는 데 도움이 된 것 같고요. ❞

독학으로 옷의 구조에 대한 감각을 익히고 자신이 입고 싶은 옷을 직접 만들 수 있게 됐지만, 그걸 업으로 전환하는 건 다른 이야기였다. 수현은 새로운 배움의 기회가 필요하다고 느꼈다.

❝ 가족들이 다 공부를 잘했는데, 저는 아니었어요. 고등학교 첫 중간고사 성적을 보고 아버지가 공부로는 가망이 없다고 생각하셨나 봐요. 하고 싶은 것을 하라며 이탈리아의 패션학교와 연계되는 유학원을 다니게 해 주셨어요. 한 달 정도 다녔는데, 유학원이 갑자기 사라졌어요. 말 그대로 '멘탈 붕괴'가 왔죠. 그런데 다음 해에 뮤지컬 의상을 만드는 교수님을 소개받았어요. 그 교수님 아래에서 3개월 정도 배웠는데 그때의 배움이 제게는 충격이었어요. 학원에서는 만들기 쉬운 스커트만 만들었는데, 교수님은 가장 어려운 재킷부터 만들게 하셨어요. 제일 어려운 걸 꾸역꾸역 해내면 다음 것들이

N°2

쉬워지니까요. 그렇게 한 달 만에 재킷 가봉을 완성하고 나서 <고간지>에 나간 거예요. ”

미디어로 주목을 받으며 얻은 것들

미디어에 등장하는 청소년은 놀라운 재능을 가진 영재거나 문제아인 경우가 대부분이다. 드라마 속에서도 청소년은 주인공보다는 주변인으로 그려진다. 청소년의 온전한 시선과 서사를 살펴볼 수 있는 프로그램은 찾아보기 어렵다. <고등래퍼> 같은 프로그램이 반가운 이유는, 청소년 각각이 갖고 있는 이야기에 주목하기 때문이다. 도움을 받아야 할 존재나 기회를 양보해야 할 존재로 그려지지 않으며, 나이보다는 실력과 개성이 주목을 받는다. 하지만 매 단계마다 살아남아야 하는 구조 속에서 청소년들이 마주하는 스트레스도 만만치 않기에, 경쟁 프로그램에 나가는 건 많은 용기가 필요한 일이다. 무엇이 수현에게 <고간지>에 출연할 용기를 주었는지 궁금했다.

“ 패션은 자신을 표현하는 건데, 옷을 입는 방식을 평가하는 게 이상하다고 생각했어요. 그런데 증명하지도 않고 그런 말을 하는 건 별 의미가 없잖아요. 실패하기 싫어서 시도조차 하지 않았던 적이 많았는데, 가능성만 있는 상태에 머무르고 싶지 않았어요. 실패할지언정 도전해서 지금 내 상황에서 최대한의 영향력을 보여주고 싶었어요. 그런데 사실 1등 상품이 결정에 한몫했어요. 아버지가 대중교통으로 서울과 대전을 오가시던 때였거든요. 꼭 우승해서 벤츠를 선물해드리고 싶었어요. 마지막까지 고민했었는데, '효도 벤츠'가 용기를 만든 거죠. ”

약간의 용기는 수현을 생각지도 못했던 새로운 경험으로 이끌었다. 자신에 대해 더 잘 알게 되었고, 이전에는 몰랐던 면을 발견하기도 했다.

“ 도전하지 않고 디자이너만 꿈꿨다면 절대 접하지 못했을 영역을 <고간지>에서 경험했어요. 미션을 수행하며 모델, 스타일리스트, 브랜드 디렉터 역할을 모두 해봤거든요. 특히 모델 일이 재미있어서 신기했어요. 지금껏 몰랐는데 나랑 잘 맞는 일을 찾은 거죠. 미션 때마다 시간 제약 때문에 옷을 만드는 과정에 충분한 시간을 쓰지 못해서 어렵고 힘들기도 했어요. 제가 그려둔 이미지가 있어도 시간 안에 찾지 못하면 계획이 무너지니까요. 그래서 같은 옷을 다루는 직업이어도 스타일리스트보다는 디자이너가 나와 더 잘 맞는 직업이라는 생각을 했어요. 주어진 옷을 활용할 때는 변수가 많잖아요. 저는 직접 계획하고 상상한 것을 만들어내는 일을 하고 싶다는 걸 확실히 알게 됐어요. ”

스스로에 대해 더 잘 알게 된 것은 〈고간지〉에 함께 출연한 사람들의 영향도 컸다. 멘토들의 피드백을 들으면서, 패션이라는 공통된 관심사가 있는 친구들과의 대화를 나누면서, 다른 친구들의 작업을 보면서 수현은 스스로에 대해 생각해볼 수 있었다.

“ 한혜연 실장님을 비롯해서, 텔레비전에서만 보던 분들이 제 옷을 평가해 주시는 것 자체가 정말 좋은 기회잖아요. 제가 예전부터 〈벨보이〉 매거진의 박태일 편집장님을 존경했거든요. 1970년대 패션이 주제였던 미션에서 심사받을 때 그분이 시대적 상황이나 당시 유행했던 패션이 인기 있었던 이유를 얘기해주셨는데 그때 많이 배운 기억이 나요. 무엇보다도 동료를 얻은 것이 제게는 큰 의미예요. 〈고간지〉에 나가기 전까지는 비슷한 관심사를 가진 친구가 없었어요. 대부분 입시를 준비하니까요. 사실 좀 외로웠거든요. 그런데 프로그램 촬영을 시작하고 열흘 동안 합숙을 하면서 옷을 좋아하는 친구들과 교류하니까 너무 재밌었어요. 밤을 새면서 이야기를 나눴죠. 예전에는 좋아하는 인플루언서가 플리마켓을 열어도 혼자 가는 게 쑥스러워서 못 갔는데, 이제는 친구들과 같이 가요. 다같이 잘 차려 입고 패션 행사에 참가하기도 하고요. ”

효도 벤츠를 얻지는 못했지만 함께할 친구를 얻었고, 패션 디자이너라는 길에 대한 확신을 갖게 됐다. 수현은 〈고간지〉 시즌 2를 홍보하는 영상에서 예술가처럼 살고 싶은 청소년에게 〈고간지〉가 지름길이 될 수 있을 거라고 조언했다. 그 말이 어떤 의미인지 더 자세히 물어봤다.

“ 원래 디자이너는 실력만 있으면 된다고 생각했어요. 그런데 〈고간지〉 첫 화가 공개되고 엄청난 반응을 보면서, 미디어의 힘이 정말 크고 이걸 잘 활용하는 것도 중요하겠다고 느꼈어요. 사람들의 관심을 끄는 것도 디자이너로서 갖춰야 하는 중요한 역량이라는 생각을 처음 한 거죠. '유명해지면 똥을 싸도 박수를 받는다'는 말도 있잖아요. 예술가는 자기를 홍보할 줄 알아야 되고, 인기를 유지하기 위해서는 자신만의 세계관이 있어야 한다고 생각해요. 나만의 세계관이 있더라도 사람들에게 알려지지 않으면 예술로 인정받기 힘드니까, 유명해지는 게 지름길일 수 있을 거예요. 패션 디자이너가 유명해지는 방식이 과거와는 달라진 것 같아요. 요즘은 미디어의 힘을 무시할 수 없죠. 하지만 기억해야 할 것은 여전히 유명세보다는 실력이 더 중요하다는 거예요. 실력 있는 패션 디자이너가 많이 등장하고 주목받으면 좋겠어요. ”

까마귀, 여전사, 흑장미

수현은 디자인 실력을 기르는 것 못지않게 내면을 단단하게 만들고 자신만의 세계관을 만드는 일을 중요하게 생각한다. 그래서 삶을 자주 되짚었고 어떻게 살아왔는지, 무엇을 좋아하는지 스스로에게 솔직해지려고 노력했다. 이렇게 얻은 자신에 대한 이해는 패션의 영감으로 이어졌다. 2019년에 론칭한 수현의 개인 브랜드 '심수현 아카이브'에서도 수현의 자기다움을 엿볼 수 있다.

“ 프로그램이 끝난 후에, <고간지>의 심수현으로만 남아 있고 싶지 않았어요. 디자이너 심수현으로서 제 브랜드를 차리고 싶었죠. 그래서 소속된 회사에 브랜드 제안을 하고 론칭 준비를 시작했어요. 브랜드를 만들 때 제가 특별히 영감을 받은 사람은 지드래곤, 박효신, 정재일이에요. 조용한 아티스트들이 늘 같은 검정색 셔츠

수현이 직접 디자인한 의상.

와 팬츠를 입는 게 매력적으로 느껴졌거든요. 그런 옷은 유행을 타지 않고, 한 번 사면 두고두고 입을 수 있잖아요. 그런 패션에 디테일을 살짝 더하고 싶었어요. 저는 제가 갑옷 같은 옷을 만든다고 표현해요. 이 옷을 입을 때만큼은 현실적인 문제들을 생각하지 않고 본인의 이상을 그려내서, 결국에는 이 세상에 다양한 사람들이 존재하기를 바라요. 그래서 다른 옷과 잘 어울리되 저만의 특징이 확실하게 보이도록 브랜드 계획을 세웠죠. 이런 기회는 자주 오지 않으니까 나를 함축한 옷을 만들어야겠다고 생각했어요. 브랜드 로고에 저를 상징하는 까마

예술가는 자기를
홍보할 줄 알아야 되고,
인기를 유지하기 위해서는
자신만의 세계관이
있어야 한다고 생각해요.

N°21
VIA SANTO SPIRITO
MILANO

귀, 여전사, 흑장미의 이미지를 담았어요. 까마귀는 트라우마와 두려움을, 여전사는 제가 계속 가지고 나가야 하는 태도를 상징해요. 흑장미는 두려움을 이겨내고 궁극적으로 찾아야 하는 아름다움을 의미하고요. ”

지금까지 수현이 만든 옷들은 대부분 검은색이었다. 즐겨 입는 옷도 대개 어두운 톤이다. 수현이 옷에 담아내는 색은 단순히 취향의 문제가 아니라 자신의 세계관을 표현하는 중요한 요소다.

“ 어린 시절의 저를 생각하면 또렷한 눈망울이 아닌 반쯤 가려진 눈동자가 떠올라요. 제 인생이 우울하다는 건 아닌데, 내성적이고 어두운 면이 있었거든요. 지금까지 만든 옷들도 전부 다 어두운 계열이에요. 저는 제가

만드는 옷을 통해 어둡게 시작했지만 밝게 끝나는 제 삶의 여정을 보여주고 싶어요. 점점 더 밝은 색과 어우러지는 옷을 만들면서, 어두운 색을 간직하며 살아온 아이가 성장하면서 점점 밝은 사람이 되어 가는 과정을 그리고 싶어요. ”

경험은 결국 다 연결되어 있어요

패션 디자이너 알렉산더 맥퀸의 생애를 다룬 다큐멘터리에는 이런 문장이 나온다. '아무도 맥퀸을 발견하지 못했고, 맥퀸을 발견한 건 자기 자신이다.' 자신의 삶에서 영감을 얻고 패션에 녹여 표현하는 수현의 모습이 떠오르는 대목이다. 나를 발견하고 세상과 소통하는 과정이 평탄하지만은 않았다.

“ 제가 디자인한 제품의 단가가 너무 비싸서 브랜드 론칭을 못할 것 같다는 얘기가 나왔어요. 티셔츠 한 장에 8만 원 정도로 가격이 책정됐는데, 〈고간지〉 팬층의 나이를 고려하면 그만한 구매력이 없을 것 같다는 이유였죠. 하지만 많은 사람들에게 제 옷을 알릴 수 있는 기회를 놓치고 싶지 않았어요. 고민하다가 일단 옷 샘플을 제가 직접 만들어서 비용을 줄이기로 했어요. 원래 매출의 30퍼센트를 가져가기로 했는데, 그것도 포기했고요. 그렇게 줄인 가격으로 발매를 제안했더니 받아들여졌어요. 티셔츠는 예상했던 것보다 반응이 훨씬 좋았어요. 가격은 4만 9000원으로 비싼 편이었고 브랜딩 작업도 안 되어 있는데다 홈페이지도 없이 스마트 스토어로 판매해서 몇몇 팬들만 구매할 거라고 생각했는데, 놀랍게도 한 달 만에 매진이 됐어요. 리오더 이야기도 나왔고요. 정말 감사했죠. 그런데 그때 조금 교만해졌던 것 같아요. 원래는 계속 패션 공부를 할 계획이었는데, 더 배우지 말고 브랜드를 쭉 이어나갈 생각을 하게 됐어요. 그때부터 일이 어긋나기 시작하더라고요. ”

직접 디자인한 티셔츠로 성공을 거둔 건 수현의 옷이 상업적으로 가치가 있다는 걸 확인한 계기였고, 자신의 세계관에 공감하는 사람들과 패션으로 연결되었다는 점에

N°21

서 의미가 있었다. 하지만, 바로 다음 해였던 2020년은 수현에게 가장 힘든 시간이었다. 수현은 예상치 못했던 여러 번의 어긋남에 대하여 이야기해주었다.

“ 당시 저는 유학을 갈 계획이었어요. 프레타포르테(Pret-a-porter)*보다는 오트쿠튀르(Haute couture)**를 배우고 싶다고 생각했죠. 오트쿠튀르는 트렌드를 이끄는 과감한 패션을 선보이는 장르라 디자이너의 세계관을 반영하기도 좋거든요. 프랑스에 있는 유서 깊은 패션 학교인 ‘파리의상조합’에 가고 싶었는데, 언어가 큰 장벽이었어요. 아쉬운 마음에 매일 학교 홈페이지를 들락거렸는데, 패션 매니지먼트로 유명한 학교인 ‘IFM’과 합병을 해서 영어로 수업하는 패션 디자인 과정이 생겼다는 거예요. ‘이 학교다!’ 싶었어요. 그런데 유학을 준비하는 친구들의 포트폴리오를 보니까 제가 너무 부족해 보이는 거예요. 그래서 한국에 머물며 브랜드를 유지하는 걸로 계획을 바꿨어요. 그런데 심수현 아카이브에서 출시한 겨울 재킷은 매출도 잘 나오지 않았고 회사와 소통도 어려웠어요. 저의 또 다른 계획은 ‘고교 패션 컬

* 실용적이고 일상적으로 입을 수 있으며 대량 생산되는 고급 기성복.

** 브랜드 컬렉션을 통해 발표되는 예술적인 의상. 하이 패션(High fashion)이라고도 불린다.

렉션'에 나가는 거였어요. 패션 디자이너와 모델을 꿈꾸는 학생들이 직접 제작한 의상을 무대에 올리는 패션쇼예요. 제게 옷 만드는 법을 가르쳐주신 교수님께서 제안하신 기회였고, 시간이 촉박해서 한 달 내내 밤을 새면서 작업했어요. 그런데 리허설까지 전부 마친 시점에 코로나19 상황이 심해지면서 행사가 취소됐어요. 이런저런 계획들이 뜻대로 되지 않으면서 결국 첫 번째 계획이었던 유학만 남게 된 거죠. ❞

열심히 준비한 계획들이 연달아 무너졌지만, 어긋난 일들도 결국 모두 연결되어 있었다. 실패한 것 같았던 일들이 유학을 준비하는 데 큰 도움이 되었던 것이다.

❝ 저는 다른 계획들이 어긋난 이유가 바로 유학이라는 첫 번째 계획을 위한 것이었다는 생각도 해요. 고교 패션 컬렉션을 제안받기 전까지는 제 컬렉션을 해야겠다는 생각이 전혀 없었거든요. 쇼를 진행하지는 못했지만, 나에 대해 충분히 생각하고 표현한 기록이 남았어요. 제가 어떤 사람인지 확실하게 보여줄 수 있는 작업이었기에 포트폴리오 마지막 페이지에 그 컬렉션을 담았어요. 다른 친구들의 포트폴리오를 보면서 좌절했던 때가 있었는데, 이렇게 저만의 포트폴리오를 만들게 되

면서 퍼즐이 맞춰지는 느낌이었어요. 덕분에 IFM에 합격했고, 2021년 9월에 입학하게 됐어요. 지난 3년을 돌아봤을 때 의미 없는 순간, 의미 없던 실패가 한 번도 없었어요. 스토리가 탄탄한 삶을 살아온 것 같아서 좋아요. 제가 하는 경험은 결국 다 연결되어 있어요. ”

패션 포트폴리오로 유학을 준비하는 과정은 보통의 입시와는 달랐다. 주로 국내 대학 입시를 준비하는 일반계 고등학교를 다녔던 수현에게 학교는 어떤 곳이었을까?

“ 학교를 다니는 게 정말 싫었던 적이 있어요. 오전 7시 30분에 등교해서 오후 5시에 하교하고, 야간자율학습도 거의 필수였거든요. 남고여서 그런지 거친 선생님도 많이 계셨어요. 2학년 때는 저를 이해해주시는 좋은 담임 선생님을 만났지만 그래도 학교를 나가는 게 싫었어요. 〈고간지〉 이후에 본격적으로 일을 하기 시작하면서 시간이 더욱 아까웠고요. 부모님에게 허락을 받고 친구들과 선생님과도 상담을 한 후에 자퇴서를 쓰려고 했죠. 결정도 했으니까 하루는 그냥 학교를 빠져봤어요. 그런데 막상 다들 학교에 있는 시간에 혼자 집에 있으니까 우울하고 불안한 거예요. 딱 그 하루 때문에 학교를 계속 다니기로 했죠. 지금은 잘한 선택이라고 생각해요.

고등학교 3학년 때 위탁 교육기관에 가면서 관심사가 통하는 친구들을 많이 만났거든요. 고교 위탁 과정은 인문계 고등학교를 다니면서 바로 취업을 하고 싶은 학생들을 위한 제도예요. 2학년까지는 다니던 학교를 다니고, 3학년 때 전문 교육 기관에서 직업 훈련을 받는 거예요. 본교에는 한 달에 한두 번만 가면 돼요. 졸업장은 본교에서 나오고, 교육 기관에서는 수료증을 받을 수 있어요. 제가 간 위탁 교육 기관은 패션 학교여서 재봉틀을 비롯한 여러 장비가 있었어요. 컬렉션을 준비할 때에도 도움을 많이 받았고요. 자퇴를 했다면 할 수 없는 경험이었을 거예요. ”

누군가의 영감으로 남고 싶어요

누군가가 정해준 길을 따라가기보다 스스로 움직이는 것에 익숙한 수현은 여러 계획을 세우며 변수에 대비했다. 어떤 선택지를 택해도 목적지는 같았다. 패션 디자이너라는 확고한 꿈은 삶을 계획하게 하고, 때로는 구불구불 걷더라도 결국에는 목표를 이루는 방향으로 나아가게 했다.

“ ‘몇 살 때까지 무엇을 해낸다’는 식으로, 인생의 큰 계획을 세워두는 걸 좋아하는 편이에요. 대학에서 잘 배

우고 취업을 해서 돈을 모으다가 스물다섯 살에 군대에 다녀오고 싶어요. 그리고 스물일곱 살에 제 컬렉션을 계속 만들 수 있는 샘플실을 차리고 싶어요. 옷을 잘 만드는 직원들과 함께 일하고 있으면 좋겠어요. 유럽에서도 일해보고 싶어요. 이건 계획보다는 바람에 가까운데, 젊은 나이에 한국인 최초로 해외 명품 브랜드 수석 디자이너가 되고 싶어요. 요즘에는 미디어에 노출이 잘 되고 스타성을 가진 디자이너들이 수석 디자이너 자리를 차지하더라고요. 타이밍을 잘 노려보면 저도 가능하지 않을까요? 그중에서도 '알렉산더 맥퀸'이라는 브랜드의 수석 디자이너 자리는 계속해서 꾸는 꿈이에요. 알렉산더 맥퀸의 자서전을 읽으면서 디자이너는 사업가이기 전에 자신의 세계관을 확실히 구축한 아티스트여야 한다는 것을 배웠거든요. 전 맥퀸 같은 디자이너가 되고 싶어요. 계속 상상하면 비슷하게라도 꿈이 이뤄지는 것 같아요. ”

처음에는 막연한 상상이어도 계속해서 좇으면, 꿈이 되고 구체적인 계획이 된다. 수현은 먼 훗날의 자신의 모습을 어떻게 상상하고 있을지 궁금했다.

“ 저는 미래에 올 수많은 아티스트들에게 영감을 주는 존재로 남고 싶어요. 디자이너들의 뿌리, 근원, 거름 같은 존재가 되고 싶어요. 제 포트폴리오에도 궁극적인 아름다움의 상징인 흑장미가 시간이 흐르고 시들어 스러지면서 또 다른 꽃들을 피우기 위한 거름이 되는 여정을 담았거든요. 그런 모습의 인생을 살고 싶어요. 만약 돈을 진짜 많이 벌게 되면, 재단을 만들어서 재능은 있는데 학비가 없는 친구들에게 조건 없는 지원을 해주고 싶고요. ”

수현은 잠재력보다는 영향력이라는 단어가 더 마음에 든다고 했다. 가능성으로 머물기보다는 실패하더라도 지금 만들 수 있는 최대한의 영향력을 보여주고 싶다는 게 이유였다. 〈고간지〉에 도전하고 브랜드를 만드는 과정을 거치며, 수현은 자신이 만들었고 앞으로 만들어갈 영향력이 패션계의 세계관을 넓힐 수 있기를 바라게 됐다.

요즘 수현의 인스타그램에서는 프랑스 파리에서 보내는 일상을 엿볼 수 있다. '심수현 아카이브'에 대한 문의를 받으면, 패션 공부를 마친 뒤 자신을 더 잘 담아낸 브랜드로 돌아오겠다고 답한다. 다시 학생으로 돌아간 것은 자신의 영향력을 더욱 키우기 위한 선택이다. 여러 번의 어긋남에도 계속 새로운 계획을 세울 수 있는 유연함은 내가 어떤 사람인지, 무엇을 원하는지를 아는 단단함이 있었기 때문일 것이다. 다른 사람들의 판단에 휘둘리지 않는 단단함을 얻기 위해서는 내가 되고 싶은 나의 모습에 꾸준히 관심을 가져야 한다. 나에게 집중하는 시간을 갖고 나와 잘 맞는 표현방식을 찾을 때, 내가 그린 세계관이 세상으로 나올 수 있다는 걸 수현은 알려준다.

나에게로 질문 옮겨오기

★ 어떤 방식으로 나를 표현하나요?

옷을 입는 방식이나 혼자 쓰는 글, 다른 사람과의 대화는 모두 나를 표현하는 방식이 될 수 있습니다. 나는 어떤 방식으로 나를 표현하는지 생각해 봅시다.

★★ 나를 상징하는 단어를 떠올려 볼까요?

수현이 까마귀, 여전사, 흑장미라는 단어로 자신을 표현한 것처럼 나를 잘 드러낼 수 있는 단어를 골라볼까요? 다른 사람들이 이야기하는 나의 별명이나 특징 말고, 내가 스스로의 모습에 대해 떠올리는 것을 추천합니다.

어디에도 없지만 어디에나 있는 이야기

콘텐츠 크리에이터

김지우

2001년생. 고등학교 1학년이었던 2017년, '굴러라 구르님'이라는 이름으로 유튜브 채널을 시작했다. 채널 이름은 평소 휠체어를 타는 데서 아이디어를 얻었다. 뇌병변장애를 가진 자신의 일상을 보여주며, 장애는 극복해야 할 것도 특별한 것도 아님을 꾸준히 이야기하고 있다. 크리에이터로서 활동을 시작하며 작가, 모델, MC, 방송 출연의 기회도 생겨 N잡러로 살고 있다. 최근 친구들의 제안으로 '서울대학교 배리어프리 보장을 위한 공동행동'을 꾸려 휠체어를 타고 갈 수 있는 학교 근처 식당들을 조사하고, 참여 의향이 있는 가게에 경사로를 설치하는 프로젝트를 진행하고 있다. 친구와 웃긴 얘기를 하다가도 누가 이 순간을 촬영하고 편집해줬으면 좋겠다고 생각한다. 나만 보기 아까운 이야기가 일상에 너무 많다.

우리가 매일 보고 듣고 즐기는 영화, 음악, 책, 게임, 드라마 등을 모두 콘텐츠라고 부른다. 표현 방식이나 공개되는 채널이 제각기 다르지만, 만드는 사람이 하고 싶은 이야기를 하기 위해 기획됐다는 공통점이 있다. 텔레비전 앞에 모여 앉아 편성된 방송을 보던 시대를 지나 누구나 언제든지 인터넷에 접속할 수 있게 되면서, 사람들은 각자의 취향에 맞는 콘텐츠를 찾고 만들기 시작했다. 온라인에는 눈길을 끄는 콘텐츠가 가득하다. 그중에서도 유튜브는 단연 한 번 접속하면 시간이 순식간에 사라지는 마법의 플랫폼이다. 유튜브라는 플랫폼과 새로운 크리에이터의 등장은 텔레비전에서는 볼 수 없었던 이야기를 만날 수 있게 했다. 콘텐츠를 놀이 삼아 만들고 공유하는 것과 크리에이터라는 직업을 갖고 콘텐츠를 제작하는 일 사이를 가르는 지점은, 내 이야기를 들려주고 싶은 대상을 정하고 그들에게 하고 싶은 이야기를 꾸준히 하는 데 있다.

지우는 2017년 유튜브를 시작했다. '대한민국에서 장애인으로 살기, 뇌병변 장애인 구르님. 어디에도 없지만 어디에나 있는 사람들 이야기를 하는 사람.' 유튜브 채널 〈굴러라 구르님〉의 소개글이다. 뇌병변장애는 뇌의 특정 영역의 손상으로 생기는 장애다. 지우의 경우 운동 기능에 손상이 있어 이동할 때 휠체어를 사용한다. 장애인을 보이지 않거나 불쌍한 존재로 만드는 미디어가 마음에 들지 않아서, 자신의 일상을 보여주고 생각을 이야기하는 콘텐츠 크리에이터가 됐다. 장애인 당사자로서 갖는 문제의식에 대해 이야기하는 콘텐츠나, 휠체어도 패션이 될 수 있다는 걸 보여주는 브이로그 등을 만들었다.

지우는 자신의 이야기를 할 채널을 운영하는 일이 일상의 동력이 됐다고 말한다. 친구들과 놀 때도 이야깃거리를 찾았고, 유튜브 때문에 성적 떨어진다는 소리를 듣기 싫어서 공부도 더 열심히 했다. 매주 콘텐츠를 업로드하는 것은 아니고 구독자 수백만 명을 보유한 채널도 아니지만, 꾸준히 자신의 이야기를 하자 지우의 이야기를 찾는 곳이 늘어나기 시작했다. 요즘은 모델, MC, 작가로도 활동하고 있다. 2021년에는 KBSjoy 토크쇼 〈실연박물관〉에 출연해 장애인과 비장애인의 연애를 보는 사람들의 색안경에 대해 이야기했고, 유튜브 코리아가 꼽은 '유튜브와 성장한 50인' 중 한 명으로 선정됐다. 2021년 9월부터는 각 달의 콘셉트로 휠체어를 꾸미는 '이달의 휠체어' 프로젝트를 시작했다. 휠체어를 부정적이고 수동적으로 바라보는 시선을 주체적이고 긍정적인 시선으로 전복하는 시도다.

당연하고 자연스러운 내 이야기

지우의 채널은 경험담을 통해 독자들로 하여금 다양성과 보편성에 대해 생각해보게 만드는 영상으로 가득하다. 학교에서 실시하는 안전 교육 때마다 친구들과 함께 대피를 해본 적이 없다는 이야기를 꺼내기도 하고, 장애를 갖게 된 이유를 묻는 질문에 솔직하고 유쾌한 반박을 하기도 한다. 지우는 콘텐츠 크리에이터를 시작하게 된 자산으로 말을 잘 하고, 자기애가 넘치며, 시도하는 것에 겁이 없다는 것을 꼽았다. 지우는 왜 자신의 이야기를 유튜브에서 하게 됐을까?

" 저는 어릴 때부터 말이 많았어요. 아빠가 지어준 별명이 '주디'였어요. 주둥이만 살았다는 거죠. 물에 빠지면 입만 뜰 거라고 했대요. 그래서 '나는 말을 많이 하는구나' 싶었는데, 점점 '나는 말을 많이, 잘 하는구나' 하고 생각하게 됐어요. 유튜브를 왜 시작했냐는 질문을 받으면 저는 항상 '그냥 했다'고 말해요. 예전부터 영상 만드는 걸 좋아했거든요. 초등학교 6학년 스승의 날에 선생님께 영상 편지를 만들어 드렸는데, 너무 좋아하시는 거예요. 그 이후에도 계속 영상을 만들었어요. 그러다가 유튜브라는 플랫폼이 뜨기 시작한 거죠. 장애라는 주제를 다뤄야겠다고 생각한 건 아주 옛날부터예요. 초등학교 4학년 때 네이버 도전 만화에 제 일상을 담은 웹툰을 올렸던 적이 있어요. 장애는 제 일상에 녹아있으니까 장애에 대한 이야기를 하는 건 당연하고 자연스러웠어요. 만화는 그림 작가를 따로 구해서 만들었지만, 유튜브에서는 그럴 필요도 없이 내가 하고 싶은 이야기를 바로 할 수 있었죠. "

내가 잘하는 것과 하고 싶은 걸 알아차리자, 유튜브라는 플랫폼이 보였다. 지우는 처음부터 많은 구독자를 기대하지는 않았다. 자신의 이야기를 쌓는다는 마음으로 시작했던 유튜브를 '일'로 인식하게 된 계기가 있었다.

"2018년 1월에, 어떤 만화가가 여성과 장애인을 혐오하는 콘텐츠를 만든 것을 비판하는 영상을 제작하게 됐어요. 이 영상을 업로드하고 나서 처음으로 다른 SNS를 활용해야겠다는 생각이 들었어요. 작고 소중한 나만의 채널을 유지하는 것도 좋지만, 장애인에 대한 인식이 바뀌어야 한다는 생각도 갖고 시작한 일이니까요. 인권에 관심이 있는 사람들이 많고, 제 이야기에 반응할 채널인 트위터에 영상 클립을 올렸어요. 그런데 2만 명이 넘는 사람들이 제 영상을 리트윗한 거예요. 채널 구독자가 50명에서 5000명으로 늘었고요. 어느 플랫폼에 어떤 콘텐츠를 어떻게 내보내야 하는지에 대해 처음으로 이해가 생겼죠. 그 때부터 유튜브를 '일'로 생각하게 됐어요. 이런 인식이 콘텐츠에도 영향을 줬고요. 그 전까지는 의미가 모호한 <피카츄 입욕제 풀기> 같은 영상을 올렸는데, 전달하고 싶은 메시지가 있는 영상을 만들기 시작했어요. 휠체어를 타고 여행을 가거나, 휠체어를 꾸미는 콘텐츠요."

학교를 다니며 콘텐츠를 만드는 일

지우는 고등학생 때 유튜브를 시작했다. 학교에서의 일상도 콘텐츠가 되곤 했다. 주기적으로 진행되는 안전 대피

훈련 때마다 장애 학생을 위한 매뉴얼이 제공되지 않는다는 점에 문제의식을 가졌던 지우는, 훈련 시간에 교실에 혼자 남아 있는 모습을 촬영해 <안전 교육 때 대피해본 적이 없다>는 영상을 만들었다.

“ 2019년 4월에 속초와 고성에 큰 산불이 나서 많은 사람들이 대피를 했던 적이 있거든요. 그런데 뉴스를 봐도 장애인은 어떻게 대피해야 하는지 알 수가 없더라고요. 움직이기 어려운 사람을 위한 가이드도 없었고, 청각 장애인을 위한 수어 통역도 제공되지 않았어요. 실제로 저는 그때까지 학교에서 안전 교육 시간에 따로 안내를 받은 적이 없었어요. 여기에 문제의식을 느끼고 영상을 만들어 업로드했죠. 그런데 생각하지 못했던 반응이 돌아왔어요. 담임 선생님이 제 영상을 보시고 사과를 하셨어요. 학교 측에서 비상시에 엘리베이터가 작동하는지 확인했고, 다음 안전 교육부터 저도 대피 훈련을 받았어요. 여러 부분이 바뀌는 걸 보면서 절대 변화하지 않을 것 같아도 이야기하면 문제 해결이 가능하다는 걸 배웠어요. ”

이 계기를 통해 지우는 이야기에 실질적인 변화를 만들 힘이 있다는 걸 알게 됐다. 자신이 속한 학교에서 일어난 일이었기 때문에 변화 과정을 실시간으로 가까이서 지켜볼 수 있었던 것도 이야기의 힘을 느끼는 데 한몫했다. 자신의 콘텐츠로 학교의 변화를 만들어냈지만, 고등학생으로서 크리에이터 활동을 병행하는 건 쉽지 않은 일이었다.

> “ 제가 다닌 학교는 입시를 중요하게 생각하는 엄한 학교였거든요. 한창 콘텐츠를 만들고 다양한 행사에 참여할 때에 선생님이 외부 활동은 하지 말라고 하시더라고요. 저한테는 딴짓이 아니고 의미 있는 일인데, 인정받지 못하는 기분이 들었죠. 잘 보고 있고 기특하다는 칭찬 뒤에는 공부에 집중해야 하지 않겠냐는 말이 늘 따라왔어요. 기말고사 이틀 전에 EBS 강연 프로그램 〈배워서 남줄랩〉의 촬영이 생겼는데, 학교에 비밀로 하고 촬영한 적도 있어요. 재미있는 건 그 기말고사 성적이 제일 좋았어요. ”

시험 직전에 방송 녹화에 참여할지 말지는 지우가 결정할 일이지만, 비밀로 해야 했다는 건 지우의 선택이 완전히 존중받기는 어려웠던 상황을 짐작하게 한다. 입시와 시험이라는 단어 앞에 많은 것들이 지워지는 현실이 지우에게는 어떻게 다가왔을지 궁금했다.

“ 제 경우에는 유튜브 일이 공부에 방해되지 않았거든요. 성적이 떨어지면, 영상을 만드는 데 시간을 쓰는 게 그 이유로 보일까봐 오히려 공부를 더 열심히 했어요. 그런데 학생이라면 공부가 먼저라는 인식이 있으니까, 눈치를 보고 방어를 해야 하는 상황이 있었어요. 크리에이터로 살고 싶은 청소년에게 입시 공부를 우선적으로 권하는 태도는 바뀔 필요가 있다고 생각해요. 저는 성인이 된 지금도 청소년 시절의 이야기를 많이 하고 싶은데, 지나고 보면 그 당시에만 할 수 있는 이야기가 분명 있는 것 같아요. 무언가를 표현하는 게 당연한 세대라고 해도 내 이야기를 정리하고 표현한다는 건 대단한 거잖아요. 재능으로 봐주면 좋겠어요. ”

어떤 사건이나 경험을 나누고 싶은 이야기로 연결하는 감각은 재능이다. 이런 재능이 있는 사람에게 지원과 응원의 환경이 주어지면 어떨까? 자신의 이야기를 하고 싶은 청소년들에게 도움이 될 만한 학교의 시스템을 상상해보자고 제안했다. 돌아온 지우의 답은 학교의 역할이 무엇인지에 대해 고민하게 만들었다.

“ 관심사나 하고 싶은 이야기를 다양한 방식으로 표현해보는 수업이 정규 커리큘럼에 있으면 좋을 것 같아요. 요즘은 동아리도 생활기록부를 위해 하는 경우가 많아서 진짜 내 관심사를 들여다볼 기회가 별로 없거든요. 저는 학교가 공부만 하는 장소가 아니라 사회를 미리 경험할 수 있는 곳이라고 생각하는데, 제 생각과는 먼 것 같아서 아쉬워요. 학생들도 더 많이 요구하고, 학교도 적극적으로 변화하면 좋겠어요. ”

하고 싶은 말을, 유머를 잃지 않고

왠지 콘텐츠를 만드는 사람이라면 아이디어를 잔뜩 적어 둔 메모장이 있어야 할 것만 같은데, 지우는 기록하고 메모하는 습관은 자신과 거리가 멀다고 했다. 지우가 콘텐츠를 기획하고 만드는 방식에 대해 물어봤다.

“ 저는 하고 싶은 이야기가 늘 쌓여 있어요. 각 잡고 기획을 하거나 아이디어를 내지 않아도 그때그때 떠오르는 게 많아요. 예전에는 그저 지나가는 생각과 경험이었다면, 유튜브를 시작한 후로는 '이 얘기를 콘텐츠로 만들어야지' 하고 마음먹게 돼요. 같은 상황이 반복되면 콘텐츠도 구체화되고요. 예를 들면, 저는 휠체어를 3개 갖고 있어서 그날의 옷이나 상황에 따라 각각 다른 휠체어를 타거든요. 오늘은 어떤 휠체어를 탈지 고민하다가

문득 이걸 콘텐츠로 만들어야겠다는 생각을 했어요. 그 때부터 어떤 내용과 장면이 담기면 좋을지 머릿속으로 그려보는 식이에요. ”

지우의 콘텐츠는 유쾌하면서도 묵직하다. 재미있게 이야기를 듣다가도 마음 한 켠이 찔리는 순간이 있다. 채널에 대한 관심이 늘어나면서 이야기가 멀리까지 닿을 수 있다는 건 반가운 일이지만, 자신이 하고 싶은 이야기와 사람들이 듣고 싶어 하는 이야기 사이 어디쯤에 무게추를 두어야 할지 고민하기도 한다.

“ 슬픔이나 동정심을 극대화하려고 힘을 준 영상을 안 좋아해요. 농담하고 장난스럽게 굴고 싶어요. 장애를 다루는 영상에는 ‘힘들 텐데 대단하다’ 같은 댓글들이 많이 달려요. 그런데 힘들 때 힘내라는 말을 들으면 응원이지만, 안 힘들 때 들으면 기분 나쁘잖아요. 상대가 나를 힘든 사람으로 보는 거니까요. 그런 반응을 끌어내는 영상은 만들고 싶지 않아요. 사람들이 보고 싶은 게 뭔지 알지만, 그래도 제가 하고 싶은 이야기를 하는 게 먼저예요. 재미있지만 마음 한 구석이 불편한 콘텐츠를 만들고 싶어요. 가볍게 클릭하게 되지만, 마지막에는 질문이 남는 콘텐츠요. 그래서 작업할 때 중요하게

생각하는 건 유머예요. 메시지를 해치지 않는 선에서 재미있는 요소를 넣으려고 노력해요. 편한 재미만은 아닐 거예요. 물론 하고 싶은 말을 다 하지는 못해요. 반응이 두려워서 일부러 돌려 말하기도 하고요. 지금은 못 하지만 언젠가는 해야 되는 말도 있죠. 지금까지는 구독자분들이 저와 함께 비슷한 고민을 한다는 게 느껴져서 좋은데, 어디까지 말할 수 있을까에 대한 고민은 항상 있는 것 같아요. 나중에 그 말들이 남았을 때 후회하지 않을 자신이 있는지 스스로에게 늘 물어봐요. ”

정답 대신 질문을 던지고 싶어요

지우가 2017년부터 콘텐츠를 쌓아온 지 벌써 5년이 지났다. 자신의 이야기를 하면서 다른 사람들의 이야기를 들을 기회도 늘어났고, 이전보다 더 다양한 관점으로 생각해 볼 수 있게 됐다. 지우는 과거에 자신이 만든 콘텐츠를 보면서 어떤 생각을 할까?

“ 과거에 만든 콘텐츠를 다시 보면, 제가 많이 변했다는 생각이 들어요. 초등학생 때 만들었던 웹툰 1화 제목이 〈조금 특별할 뿐이야〉였어요. 지금의 저는 그 문장이 별로라고 생각해요. 그 당시에 저는 자신이 특별하다고 생각했던 거잖아요. 지금의 저는 누구보다도 평범함을 강조하거든요. 제 변화를 저의 콘텐츠 속에서 읽어낼 수 있는 거죠. 옛날에 '장애인치고 예쁘다'는 말이 싫어서 기획한 영상이 있어요. 장애인에 대한 차별적인 문구들이 나열되다가 전부 깨지면서 '그냥 예쁜 거다'라고 말하는 구성이었어요. 제작까지 이어지지는 않았지만, 지금 생각해보면 부끄러워요. 불편한 말에 대한 반론을 펼치기 위해 외적인 면을 굳이 강조할 필요는 없잖아요. 참 어려운 직업이에요. 시간이 쌓이면서 저도 다양한 경험을 하고 배우는데, 사람들은 몇 년 전의 제가 영상으로 남긴 이야기를 보고 듣잖아요. 2021년의 내가 2017년의 나와 함께 살아야 되는 거예요. 예전에 올린 영상 중에 '이건 심했다' 싶은 것들은 비공개로 돌릴 때도 있어요. 그래서 종종 '나도 이렇게 생각했던 적이 있는데, 지금 잘못 생각하는 사람들을 너무 미워하지 말자'는 생각도 해요. ”

더 깊이 고민하고 문제를 섬세하게 들여다보는 경험은 지우에게 콘텐츠 크리에이터로서의 일을 열심히 고민하게 했다. 또한 장애라는 특성을 가진 자신의 일상을 공유하며 콘텐츠를 만드는 사람으로서 지켜야 할 중요한 가치를 생각하게 만들었다.

"저는 결론을 잘 내리지 않고 여지를 남기는 사람이에요. 하고 싶은 이야기를 하지만, 내가 아는 게 전부가 아니라는 것을 알기에 정답을 주는 콘텐츠를 만들지 않아요. 누군가를 계몽시키기 위해서가 아니라 함께 고민해보고 싶어서 콘텐츠를 만드는 거니까요. 장애인들도 각자의 생각과 살아온 삶이 다 달라요. 저는 운이 좋은 편이죠. 저를 책임질 수 있는 부모님에게서 태어나 서울에 살고 있고, 부족함 없이 하고 싶은 공부를 했고 성적도 나쁘지 않았으니까요. 그런 제가 답을 내려버리면 다른 장애인들의 삶까지 규정짓는 것일 수도 있잖아요. 아주 어렵지만, 중요하게 생각하는 지점이에요. 어떻게 해결해야 할지, 옳은 방향이 무엇인지는 저도 잘 모르겠어요. 더 많은 사람들과 함께 고민해야 되는 문제 같아요. 그래서 계속 답이 아니라 질문을 던지려고 노력해요. 단 몇 명이라도 제 영상을 보고 머리가 어지러워졌다면, 그 이야기는 더 멀리 뻗어갈 수 있다고 생각해요."

협업과 변화를 고민하는 크리에이터

내가 모르는 삶이 분명 존재한다고 믿는 사람의 콘텐츠는 더 섬세하게 다양한 사람들을 포용할 수 있다. 처음에는 가볍게 시작했어도 영향력이 생기면 어떤 이야기를 할지 더욱 고민해야 한다. 머리를 쥐어뜯게 되는 기획 단계 뒤에는 촬영과 편집 과정이 기다리고 있다. 지우는 영상 기획부터 편집까지 직접 맡고 있다. 꾸준히 작업을 유지하는 데 어떤 노하우가 있을까?

> “ 머릿속으로 기획하고 촬영을 한 후에, 편집과 후작업을 거쳐서 콘텐츠를 완성해요. 편집 작업에 시간을 제일 많이 써요. 말하는 게 마음에 안 들어서 촬영을 다시 할 때도 있어요. 대본을 쓰면 될 텐데, 저는 대본을 읽으면 오히려 더 버벅거리더라고요. 기획이나 촬영을 할 때는 익숙한 방식을 유지하지만, 다른 부분에서는 쉽고 빠른 방법을 찾아요. 장애가 있다 보니 몸을 쓰는 작업에 시간이 걸릴 때가 많거든요. 그래서 잔머리가 엄청 좋아요. 원래는 영상 자막을 하나하나 직접 입력해 만들었는데, 비장애인이 작업하는 시간의 두 배가 걸리는 거예요. 안 되겠다 싶어서 새로운 자동 자막 프로그램을 알아내고 사용법을 익히면서 작업 시간이 완전 단축됐어요. ”

〈굴러라 구르님〉 채널의 영상을 보다 보면, 종종 지우의 친구나 가족이 등장한다. 지우와 가까운 사람들은 콘텐츠에 어떤 역할을 하는지 궁금했다.

“ 옛날에는 모든 작업을 혼자 다 했어요. 구독자 수가 늘고 나서 가족과 친구에게 알린 후에는 다들 제 동료가 되어줬죠. 특히 동생이 촬영을 많이 도와줬어요. 최근 들어서는 제 콘텐츠를 지지하는 친구 한 명과 함께 일하고 있어요. 오랜 친구인데 제가 생각한 것 이상으로 제 콘텐츠에 관심이 많더라고요. 주로 촬영을 도와주고, 기획 과정에서 아이디어를 보태주기도 해요. 요즘은 그 친구와 함께 작업한다는 사실이 제일 힘이 돼요. ”

콘텐츠 크리에이터로서 채널을 꾸리는 건 많은 것을 책임져야 하는 일이지만, 가족과 지인, 다른 크리에이터와 구독자까지 누구나 동료로 삼을 수 있는 일이기도 하다. 동료가 생긴다는 건 할 수 있는 시도가 늘어난다는 의미다. 늘 사람들의 시선을 끌기 위해 새로운 시도를 해야 하는 크리에이터로서 지우는 트렌드를 파악하고 채널을 브랜딩하는 일도 소홀히 하지 않는다.

“ 최근 분위기를 바꾸려고 이런 저런 시도를 하고 있어요. 많은 사람들이 내 콘텐츠를 보면 좋겠다는 욕망이 생겨서, 더 다양한 걸 보여주고 싶어졌어요. 어떤 형태의 콘텐츠가 유행인지를 살피고 새로운 시도를 위한 작업도 꾸준히 하고 있어요. 새 기능이 나오거나 새로운 플랫폼이 등장했을 때 어떻게 활용할지 열심히 연구해요. 요즘 '릴스'나 '틱톡' 같은 숏폼 콘텐츠가 유행이잖아요. 어떻게 15초, 30초 안에 우습지도 진지하지도 않게 내 이야기를 할 수 있을지 고민 중이에요. 최근에 인스타그램 릴스에서 〈이게 뇌성마비를 가진 사람이 걷는 법이다〉라는 제목으로 해외 뇌성마비 장애인이 자신이 걷는 영상을 올린 걸 봤어요. 저랑 걷는 게 똑같은 거예요. 너무 신기하더라고요. 한때 제 걸음걸이 때문에 괴로웠던 때가 있었는데, 그 영상을 보니까 '이렇게 걷는 사람이 나 말고 또 있네!' 싶어서 동질감이 느껴지더라고요. 생김새도 나이대도 전혀 다르지만 같은 걸음걸이라는 게 재미있었어요. 제 콘텐츠를 보는 누군가도 저를 보면서 자신과 같다는 감정을 느끼면 좋겠어요. ”

더 많은 사람들이 자신의 이야기를 한다면

지우는 유튜브 채널을 운영하면서 작지만 새로운 시도를 꾸준히 했다. 시도는 그 자체로 경험이 되어 차곡차곡 쌓였고, 새로운 도전에 대한 두려움보다는 자신감을 갖게 됐다. 그리고 자신을 기다리는 구독자들은 지우가 계속 이야기를 하게 만드는 존재다.

“ 꾸준히 이 일을 하고 있는 이유는 구독자의 영향이 커요. 누군가가 나를 기다리고 있다는 사실이 계속 이야기를 하게 만들어요. 오래 전부터 꾸준히 저를 좋아해주시는 구독자분들이 많은데, 그분들의 반응을 볼 때마다 ‘어떻게 이럴 수 있어! 이런 응원과 사랑, 너무 과분하다!’ 하고 생각해요. 내 이야기를 들어주는 사람들이 있다는 것 자체가 동력이에요. 제 채널의 구독자분들은 고민하는 것을 좋아해요. 종종 영상을 보고 마음이 복잡해진 분들이 자신의 생각을 댓글로 남겨주세요. 댓글을 보면서 제 생각에 변화가 생기기도 해요. ”

크리에이터와 구독자는 서로의 세계를 넓힐 수 있는 관계다. 지우에게 가장 좋아하는 구독자와의 순간에 대해 물었다.

“ 장애여성 청소년의 댓글을 발견할 때가 가장 좋아요. 아는 언니라고 생각하고 편하게 연락해주면 좋겠어요. 캠퍼스 생활을 하는 영상에 ‘새 학기마다 자기소개를 하는 게 어려운데, 이 영상을 보고 답을 얻었다’는 댓글이 달린 적이 있어요. 그런 반응을 보면 필요한 일을 하고 있다는 생각이 들어요. 저도 평생을 비장애인 사회에서 살아서 장애인으로 사는 것에 대해 물어볼 사람이 없었거든요. 나와 비슷한 사람들이 내 이야기를 통해 자기 삶을 꾸리는 데 힌트를 얻고, 서로의 경험을 나눈다면 정말 좋을 것 같아요. 더 많은 사람들이 자신의 이야기를 했으면 좋겠어요. 나중에 직장을 다니든 다른 일을 하든, 꾸준히 제 모습을 보여주면서 저처럼 장애를 가진 사람들이 고민이나 주저함을 덜어내는 데 도움이 되고 싶어요. ”

앞으로도 있는 그대로 자신의 생각을 말하고 싶다는 지우에게 특별히 만들고 싶은 콘텐츠가 있는지 물어봤다.

“ 언젠가는 영화를 만들고 싶어요. 영화나 드라마에 등장하는 장애가 있는 캐릭터는 꼭 절절한 스토리가 있는 경우가 많잖아요. 제가 만드는 영화에 장애인이 등장한다면 그런 서사가 없는 캐릭터로 만들고 싶어요. 장애를 갖게 된 이유나 특징이 강조되지 않고 우리 주변의 누구나처럼 자연스럽게 자리를 차지하는 거죠. 장애보다는 그 사람에 집중해서 이야기를 끌고 가고 싶어요. 장애뿐만 아니라 우리가 '일반적'이지 않다고 생각하는 캐릭터의 고정된 서사를 지우는 작품을 만드는 게 목표예요. ”

나와 비슷한 사람들이
내 이야기를 통해
자기 삶을 꾸리는 데 힌트를 얻고,
서로의 경험을 나눈다면
정말 좋을 것 같아요.
더 많은 사람들이
자신의 이야기를 했으면 좋겠어요.

어떤 이야기는 들려주지 않는 것만으로도 질문이 된다. 지우가 하고 싶은 건 사람들의 머릿속에 있는 마침표를 물음표로 만드는 일이다.

“ 결국 제가 하고 싶은 건 다양한 개인의 모습을 담는 일이에요. 사람들의 생각 속에 '장애인은 이럴 거야' 하는 기본값이 있을 텐데, 그걸 깨는 사람들을 계속 등장시키고 싶어요. 최근에 유튜브 채널 〈하개월〉을 운영하는 청각장애인 크리에이터 하개월, 〈우령의 유디오〉를 운영하는 시각장애인 크리에이터 우령과 만났어요. 함께 대화를 나눠보니까 같은 장애인이어도 엄청 다른 세계에 살고 있는 거예요. 그래도 장애여성이기 때문에 겪는 비슷한 부분들이 있고요. 이런 점들을 교차해서 보여주고 싶어요. 저는 개인의 삶에서 중요하게 생각하는 가치와 크리에이터로서의 목표가 같아요. 다양한 모습들을 계속 보여주면서 사람들에게 질문을 던지고 싶어요. ”

인터뷰를 마치고 며칠 뒤, 〈굴러라 구르님〉 채널 인스타그램에 첫 릴스가 올라왔다. 지우가 고민하던 숏폼 콘텐츠를 시도해본 것이다. 각기 다른 세 가지 패션에 따라 어울리는 휠체어를 매칭한 영상이 흘러갔다. 30초라는 짧

© 이달의 휠체어 팀 김지우, 이민지, 장수연 | 촬영 장모리

조선 시대 가마를 콘셉트로 휠체어를 재해석한 지우의 화보.

은 시간 동안 휠체어는 이동 수단에 머물지 않고 패션 아이템이 되었다. 2021년 9월에 시작한 '이달의 휠체어' 프로젝트 역시 휠체어를 자기 표현의 수단으로 재해석하는 프로젝트다. 지우는 '조선시대에 휠체어가 있었다면, 꽃가마처럼 꾸미지 않았을까?' 라는 질문을 발전시켜 휠체어를 꾸몄다. 어떤 경험이나 영감을 자신이 나누고 싶은 이야기로 연결하는 감각이 있다면, 콘텐츠에는 한계가 없다.

다양한 콘텐츠를 통해 지우가 보여주고 들려주는 이야기는 결국 '너는 어떻게 생각해?'라는 질문이다. 처음에는 직구로 질문을 던졌다면, 지금은 다양한 콘텐츠로 변화구를 던지는 것처럼 보인다. 가벼운 마음으로 자기 이야기를 시작했던 지우는 크리에이터로서 책임감을 갖고 여러 방식으로 콘텐츠를 확장해가고 있다. 일단 시작한 이야기는 그다음 이야기를 불러온다. 그렇게 이야기를 차곡차곡 쌓아가다 보면, 진짜 내가 하고 싶은 이야기에 도착하게 되지 않을까? 어디에나 존재하지만, 어디에도 없는 이야기를 더 많이 들을 수 있으면 좋겠다.

나에게로 질문 옮겨오기

✧

★ 나는 어떤 자산을 가지고 있나요?

어떤 일을 하는 데 자신이 갖고 있는 자산이 영향을 주기도 합니다. 평소에 말을 잘하던 지우가 유튜브를 가볍게 시작한 것처럼요. 지각하지 않는 태도부터 매일 일기를 쓰는 습관까지, 무엇이든 나의 자산이 될 수 있어요. 당장 떠오르지 않는다면 갖고 싶은 자산을 생각해봐도 좋아요.

★★ 내가 좋아하는 나는 어떤 모습인가요?

나의 모든 면을 사랑할 수는 없지만, 내가 좋아하는 나의 모습이 하나쯤 있지 않나요? 성격과 관련된 것일 수도, 어떤 일에 몰입할 때일 수도 있죠. 이왕이면 여러 가지를 떠올려 봅시다.

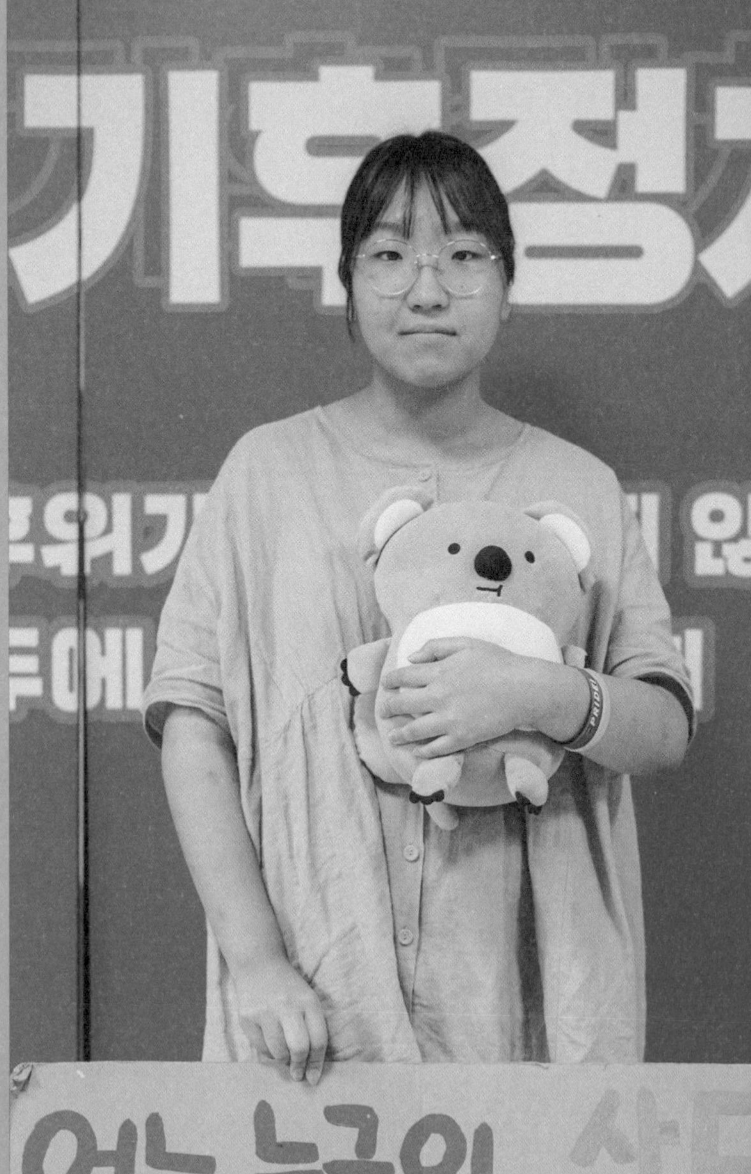
어느 누구의

변화를 만드는 우리의 목소리

기후 활동가

윤현정

2004년생. 청소년기후행동 언론팀 상임활동가로, 2021년부터 사무실에 출근하고 있다. 중학교 3학년이었던 2019년, 친구 윤해영과 학교 앞과 공원에서 피켓을 들며 기후 위기 해결을 촉구하는 목소리를 내기 시작했다. 문제 해결에 앞장서야 하는 위치의 어른들이 정작 진짜로 문제를 해결할 생각이 없는 것에 실망해 기후 활동가가 됐다. 앞으로도 계속 당사자로서 해결해야 할 문제에 앞장서 목소리를 내는 일을 하고 싶다.
밴드 '9와 숫자들'이 차별금지법 제정 지지의 마음을 담아 발표한 〈오프닝〉을 자주 듣는다. 사무실이나 현장에 나갈 때는 펑퍼짐하고 편한 옷을 입지만, 중요한 사람을 만나거나 각을 잡아야 될 때는 재킷 같은 멋진 옷도 입는다. 머리가 곱슬곱슬해서 일할 땐 무조건 머리를 묶는다. 살면서 최소한 다섯 개의 직업은 가질 것 같다. 지금 떠오르는 건 빵집 주인이다.

2021년 여름 날씨는 정말 이상했다. 해가 쨍쨍하다 하늘에 구멍이 뚫린 듯 비가 내렸고, 숨쉬기 어려운 무더위를 견뎌야 했다. 우리나라만의 문제가 아니었다. 미국 포틀랜드에서는 고속 경전철의 전원 케이블이 녹아 운행이 중단됐고, 캐나다에서는 폭염으로 인한 사망자가 700명이나 발생했다.

국제 사회는 2015년 파리기후협정을 맺어 지구 평균 기온이 1850~1900년의 평균 기온보다 2도 이상 오르지 않도록 노력하기로 했고, 2018년 열린 '기후 변화에 관한 정부 간 협의체(IPCC)' 총회에서는 그 숫자를 1.5도로 조정했다. IPCC에서 발행한 6차 기후 변화 평가 보고서에서 따르면 지구 평균 기온이 1.5도 이상 오르면 극한 기온 발생이 8.6배, 가뭄이 2.4배, 강수량이 1.5배 늘어난다. 전 세계가 목표를 합의했지만, 2021년 8월 지구 평균 기온은 1.1도가 올랐다. 이 속도라면 앞으로 20년 이내에 1.5도를 넘어설 것이다. 폭염, 코로나 바이러스, 미세먼지와 같은 환경의 변화가 일상에 미치는 영향이 커져 더욱 두렵지만, 이 문제를 만든 것도 해결할 수 있는 것도 우리라는 사실을 직면해야 할 때다.

2019년 현정은 우연히 본 다큐멘터리를 통해 인간이 다른 동물을 착취하는 것에 문제의식을 갖게 됐다. 공장식 축산*이 지구 온난화에 영향을 준다는 사실을 알게 되면서 기후 위기 문제를 접했다. 먼 미래가 아니라 당장 나의 20대에 기후 재앙이 닥칠 수 있다는 걸 알게 된 현정은 가만히 있을 수 없었다. 같은 관심사를 가진 친구 해영과 학교 앞에서 피켓을 들며 문제의 심각성을 알리면서 활동가의 삶을 시작했다. 더 큰 목소리를 내기 위해서는 연대가 필요하다고 느꼈고, 2020년 서울로 올라와 청소년기후행동에서 상임 활동가로 일하고 있다.

청소년기후행동은 기후 위기로 가장 큰 피해를 겪게 될 청소년과 청년들이 모인 단체다. 기후 위기에 대처하기 위해서는 개인의 노력도 중요하지만, 보다 효과적인 방법은 정부와 기업이 만드는 시스템의 변화라고 생각해 실질적이고 즉각적인 기후 위기 대책을 촉구하고 있다. 최근에는 '모두를 위한 기후정치' 캠페인을 시작했다. 2022년 3월 치러질 대선을 앞두고 후보자들이 기후 위기를 주요 의제로 다루고 유권자의 선택 기준으로 삼을 수 있도록 하는 게 목표다.

* 생산량을 최대화하기 위해 동물의 욕구와 습성을 고려하지 않고 대규모 밀집 사육하는 축산의 형태.

코앞에 닥쳐온 내 문제, 기후 위기

활동가는 인권, 환경, 노동 등의 영역에서 더 나은 사회를 만들기 위해 중요한 가치가 무엇인지 파악하고 목표를 달성하기 위해 힘쓰는 사람을 뜻한다. 사회 구성원들이 함께 고민해야 할 질문을 던지고 한 발 앞서 방향성을 제시하는 일이라고 할 수 있다. 현정은 기후 활동가로서 기후 위기를 막기 위해 부지런히 정부와 국회의원 그리고 기업의 활동을 파악한다. 기후 위기라는 거대한 문제를 해결하기 위해서는 법안과 사회구조의 변화가 필수적이기 때문이다. '나'의 문제지만 '나만의' 문제는 아닌 일을 해결하는 활동가로서 현정은 왜 기후 문제를 다루게 되었을까?

" 2019년 여름방학에 <어스링스(Earthlings)>라는 환경 다큐멘터리를 봤어요. 그때까지만 해도 저는 동물권에 대한 인식이 없었어요. 강아지나 고양이를 귀여워하는 정도였죠. 그런데 다큐멘터리를 보고 나니까 고기가 더 이상 맛있게 느껴지지 않는 거예요. 기존 삶의 방식을 유지하는 건 잘못된 일 같았어요. 그래서 바로 다음 날부터 식습관을 바꿨어요. 처음에는 '락토 오보'*로 시

* 동물의 육고기와 생선은 먹지 않지만, 동물에게서 얻는 우유나 달걀은 먹는 사람.

작해서, 점점 완전 채식을 하는 '비건'이 됐어요. 마음을 먹으니까 생각보다 빠르게 되더라고요. 동물권에 대해 계속 공부하다 보니, 공장식 축산이 온실가스를 많이 배출하기 때문에 기후 위기를 악화시킨다는 걸 알게 됐어요. 저는 예전부터 환경에 관심이 많았어요. 쓰레기 산이 공원으로 바뀌었다는 난지도나 국제 환경 보호 단체인 그린피스에 대한 책을 읽었거든요. 울산에 살았던 것도 한몫했어요. 울산이 공업 도시라 강이 엄청 더러웠는데, 사람들의 작은 실천이 모여 강이 깨끗해졌거든요. 저만의 작은 실천으로 텀블러와 에코백을 들고 다니고, 엘리베이터도 안 탔어요. 사실 문제의 심각성이나 내가 하는 실천의 효과에 대해 알지는 못했고 '나 정도면 잘하고 있어' 하는 자기만족에 가까웠죠. 지구 온난화나 기후 위기에 대해서도 학교 수업 시간에 많이 들었지만, 크게 관심이 없었어요. 내 일이 아니고 몇백 년 후의 일이라고 생각한 거죠. 그런데 동물권에 대해 공부하다 기후 위기라는 단어를 만나니까 처음으로 궁금증이 생긴 거예요. ❞

동물권이라는 관심사는 기존에 알던 지구 온난화라는 단어를 바라보는 시각을 바꿨다. 현정에게 새로운 세계가 열린 것이다. 관심사는 스스로 더 배우고 생각하게 만들

기후

위기

지만, 행동으로까지 나아가는 건 쉽지 않다. 현정이 적극적으로 정보를 이해하는 것을 넘어서 행동으로 옮기는 일에 주저함이 없었던 이유가 궁금했다.

> “ 기후 위기는 그 동안 생각했던 것과는 너무 달랐어요. 대응할 수 있는 시간이 이제 10년밖에 남지 않았다고 하는데, 그렇다면 당장 저에게 닥쳐올 일이잖아요. 더 많은 사람들이 제가 해온 것처럼 노력하면 해결될 거라고 생각했는데 전혀 아니었어요. 거대한 시스템의 변화가 필요한 문제였어요. 왜 지금까지 아무도 알려주지 않았는지 배신감이 들었죠. 그동안 외면한 스스로에게 화도 났고요. 이어서 절박해졌어요. 문제가 정말 심각한데 관련한 정책이나 대응이 거의 없는 거예요. 동물권을 접했을 때와는 또 달랐어요. 동물권을 고민할 때 저는 타자인데, 기후 위기는 제가 당사자잖아요. 동물권 문제는 제가 살아온 방식이 잘못됐다는 걸 깨닫게 해서 관점의 전환을 가져왔다면, 기후 위기는 코앞에 닥친 내 문제를 만난 거예요. ”

지금 할 수 있는 것에서 시작하기

기후 위기의 심각성을 알려야겠다고 생각한 현정은 당장

할 수 있는 것부터 시작해서 점점 활동을 늘려갔다. 학생이라는 상황 속에서 무거운 주제에 대해 꾸준히 말하기 위해서는, 가볍게 시작하고 재미있게 지속할 수 있는 일이 필요했다.

> “ 중학교 3학년 때, 제가 비건이 됐다는 소식을 듣고 해영이가 찾아왔어요. 해영이는 중학교 1학년 때부터 비건이었거든요. 얘기를 나눠보니까 통하는 부분이 많더라고요. 해영이가 먼저 기후 위기 문제를 알리기 위해 같이 피켓을 들자고 제안했어요. 그래서 둘이 무작정 주말 동안 박스를 주워다가 피켓을 만들고, 월요일에 바로 학교 앞에서 피켓팅을 시작했어요. 내가 할 수 있는 일을 고민하다가 가볍게 시작한 일이었어요. 학교 폭력 금지 캠페인을 할 때 교문 앞에서 피켓을 들고 서 있었던 적이 있거든요. 대단한 일이라고 생각하지는 않았어요. 보통 결석 시위 같은 걸 하면서 피켓을 들잖아요. 우리는 결석은 못 해도 매일 학교 앞에서, 주말에는 사람 많은 시내나 공원에서 피켓을 들기로 했어요. ”

현정은 결정적인 전환점으로 친구 해영을 만난 것을 꼽는다. 함께 할 친구가 곁에 있다는 건 그 자체로 용기가 된다. 혼자였다면 행동으로 옮기고 목소리를 내기까지 오랜 시간이 걸렸을 것이다.

> " 그때는 해영이와 많이 친하지 않았는데도 이야기를 나누는 게 정말 재미있었어요. 주변에 저랑 관심사가 비슷한 친구가 없었거든요. 둘이서 피켓을 만들 때도 굉장히 공을 들였어요. 예쁘게 만들고 싶었고, 새로운 메시지를 전달하고 싶었어요. 피켓을 들고 서 있으면 사람들이 반응하는 게 뭔지 보여요. 정보를 전달하는 글을 사람들이 멈춰서서 읽으면 비슷한 피켓을 더 만들고, 그림을 보고 말을 걸면 피켓에 그림을 그리면서 주말마다 계속 재구성을 했어요. "

진짜 변화를 만들기 위해서

현정과 해영이 처음 피켓을 들었을 때, 학교는 동아리 활동 정도로 생각하고 관심을 보이지 않았다. 시간이 지난 후에야 시위라는 것이 인지됐지만, 학교 안에서만 할 것을 권유받기도 했다. 둘은 겁이 났지만 학교 밖으로 나가기로 결정했다.

> " 학교는 우리의 시위에 관심이 없었지만, 친구들의 반응은 있었어요. 환경 문제에 관심이 없던 친구가 기후

위기에 대해 알려면 어떻게 해야 되는지를 물어보고, 피켓을 들고 서 있으면 "호주에 산불이 났대!" 하면서 뉴스를 알려주기도 했어요. 뿌듯하긴 했지만 동력이 되거나 만족스럽지는 않았어요. 처음에는 더 많은 사람들이 알아야 한다는 생각뿐이었는데, 기후 위기 문제를 알면 알수록 이 정도의 반응은 변화를 만들기에는 너무 사소하다는 생각이 들었어요. 그래서 아빠의 조언을 받아 경찰서에 시위 신고를 하고 울산대공원으로 나섰죠. 학교 밖에서 처음 피켓을 든 날에는 어른들에게 무례한 말을 많이 듣기도 했어요. 저희에게는 생존의 문제인데, 아무

렇지 않게 기후 위기를 막으려면 원전을 만들어야 된다거나 이럴 시간에 공부해서 과학자가 되어 사회를 바꾸라는 얘기를 들었어요. 생활기록부에 잘 기록해서 나중에 대학 갈 때 써먹으라는 말을 하거나, 무턱대고 사진을 찍기도 하고요. 처음에는 엄청 무서웠는데 그다음부터는 무슨 말을 들어도 눈 하나 꿈쩍 안 하는 사람이 됐어요. 예방접종을 제대로 맞은 셈이죠. 그래도 나쁜 기억만 있는 건 아니에요. 저희한테 못되게 구는 분들에게 왜 그렇게 말을 심하게 하느냐면서 보호해주셨던 분이 기억나요. 겨울에는 붕어빵을 사다주시는 분도 계셨어요. ”

피켓팅을 하는 시간이 길어질수록 둘은 더 근본적인 변화가 필요하다고 생각했다. 기후 위기에 대응할 수 있는 시간은 얼마 남아 있지 않은데, 문제를 알리는 일만으로는 변화를 이끌어내기에 역부족이라는 걸 알게 되었다. 현정은 실질적인 변화를 만들 수 있는 지역의 정치인이나 공무원에게 이야기가 전달되면 상황이 달라지지 않을까 기대했다.

“ 울산에서 우리 활동이 소문이 나면서 교육감, 부시장, 시의원 같은 분들을 만나게 됐어요. 더 큰 변화를 만들 수 있겠다고 생각했죠. 그런데 그 분들께 들은 말은 '기특하다, 대견하다, 너희가 열심히 해서 변화가 일어날 수 있는 거다'라는 듣기 좋은 말뿐이었어요. 어떤 분은 과격한 시위는 그만두고 내년에 동아리를 만들어 활동하라는 말을 하시기도 했어요. 당황스러웠어요. 그 분들은 변화를 만들 수 있고, 만들어야 하는 사람들이잖아요. 기후 위기 대책을 이야기하거나 의견을 구하신 분은 없었어요. 우리와 사진을 찍고 SNS에 공유하는 일에 더 관심이 많으셨죠. 피켓을 드는 것만으로는 변화를 절대 만들 수 없다는 걸 그때 느꼈어요. 전략적이고 구체적으로 변화를 요구하고, 더 많은 사람들이 목소리를 모아야겠다는 생각이 들었어요. 그러다 청소년기후행동에서 여는 결석 시위 소식을 듣고, 해영이와 아침 첫차를 타고 서울에 갔어요. 그때 처음으로 청소년기후행동의 동료들을 만난 거예요. ”

더 크게 목소리를 내는 방법

청소년기후행동은 2021년 7월 기준 150명의 회원과 35명의 활동가로 이뤄져 있다. 대부분 학업을 병행하는 청소년이라 각자의 상황과 역할에 따라 유연하게 일한다. 각자 거주하는 지역이 모두 다르기 때문에 다양한 온라인 툴을 활용해 원격으로 일하고, 중요한 회의나 캠페인이 있는 날은 오프라인으로 모인다. 기후 위기 대응 방법을 모색하는 곳이자 청소년들이 함께 일하는 방식을 만들어가는 조직이기도 하다.

“ 청소년기후행동에는 메시지팀, 언론팀, 연구팀, 디지털팀이 있어요. 메시지팀은 청소년기후행동의 이야기가 사람들에게 잘 전달되도록 메시지를 정하고 이야기의 구조와 흐름을 만드는 일을 해요. 언론팀은 보도자료나 취재 정보를 작성하고, 대외적으로 알려야 할 이야기가 생기면 기자들에게 연락을 돌려요. 연구팀은 기후 위기 관련 자료들을 지속적으로 찾아보고 새로운 정책이나 보고서가 발표되면 다른 단체들이 어떤 입장을 취하는지 분석해요. 디지털팀은 SNS 채널에 올라가는 콘텐츠를 제작하고요. 프로젝트 단위로도 팀이 나뉘어서, 참여하고 싶은 프로젝트에서 각자의 역할을 맡을 수 있어요. 사는 지역도, 나이도, 성격도 다른 청소년들이 기후 위기 대응이라는 하나의 목적으로 모여 합을 맞추고 일을 하는 게 너무 신기했어요. 해영이랑 둘이 활동했을 때와는 확실히 달라요. 체계적으로 일하는 방식에 적응하기까지 시간이 걸렸어요. 처음에는 캠페인의 목적과 필요한 역할이 정해지고, 팀이 꾸려지고, 해야 할 일이

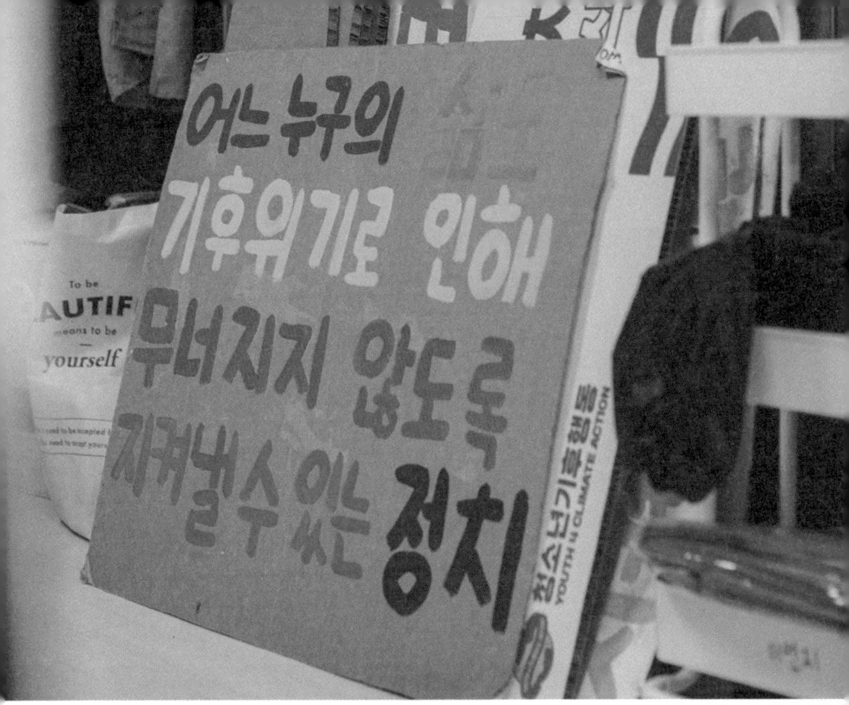

어느 누구의
기후위기로 인해
무너지지 않도록
지켜낼수 있는 정치
청소년기후행동
YOUTH 4 CLIMATE ACTION

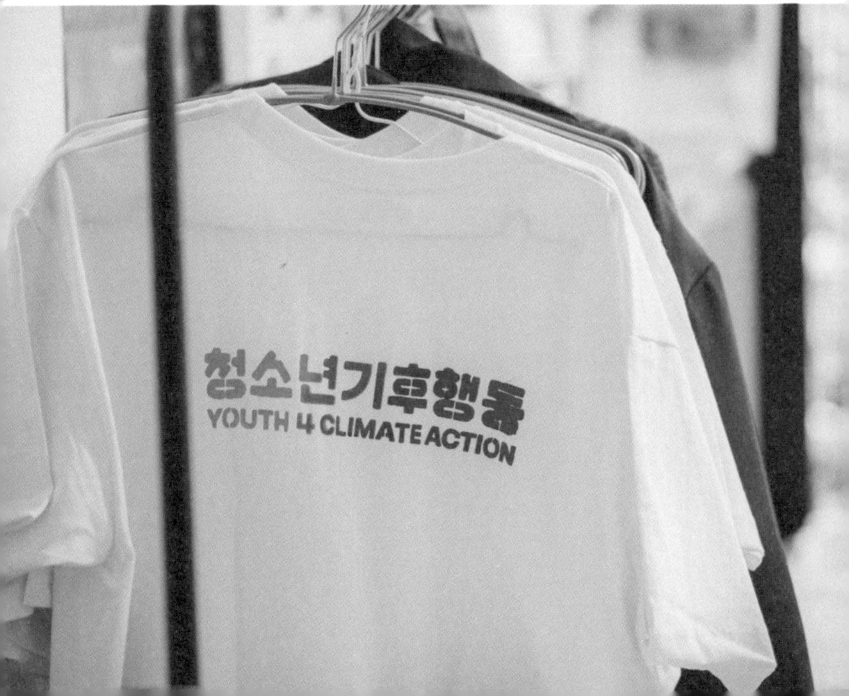

청소년기후행동
YOUTH 4 CLIMATE ACTION

착착 나눠지는 걸 보면서 당황했어요. 저는 학교에서 팀 과제를 받으면 나서서 다 해버리는 편이어서 누군가와 일을 함께 하는 경험이 없었거든요. ”

청소년기후행동에는 리더가 없다. 각 팀에 정보를 전달하고 소통을 이끄는 상임 활동가가 있을 뿐, 의사결정의 과정에는 모두가 동등하게 참여한다. 그리고 오래 걸리더라도 모든 구성원이 동의하는 방향으로 결정을 내린다.

“ 청소년기후행동에서는 의사결정을 할 때 대화를 정말 많이 나눠요. 어떤 일을 할 때 얻을 수 있는 것과 위험한 부분은 무엇인지를 다 따져가면서 오래 고민해요. 다섯 시간 동안 회의를 한 적도 있어요. 우리는 결정을 할 때 다수결 방식을 이용하지 않아요. 시간이 걸려도 늘 모두가 합의하는 방향으로 일하려고 노력해요. 틀린 의견은 없고 생각하는 방식이 다를 뿐이니까요. 예를 들면, 온실가스 감축 목표 강화 프로젝트로 ‘당근 캠페인’을 기획한 적이 있어요. ‘서울 녹색미래 정상회의(P4G)’에서 정부가 또 아무것도 하지 않을 것 같은 상황이었어요. 이걸 어떻게 효과적으로 알릴까 고민하다가, ‘당근을 흔들어달라’는 온라인 밈을 활용해보자는 의견이 나왔어요. 온라인에서만 쓰는 말이니까 이해하지 못하는

당근 퍼포먼스를 하고 있는 청소년기후행동 활동가들.

사람이 많을 것 같다는 반대 의견도 있었고요. 오랫동안 이야기를 나누다 결국 알아듣는 사람이 많을 거고, 간결하고 강렬한 이미지 효과가 크다고 판단해서 진행하는 방향으로 결정됐죠. ”

청소년기후행동은 2020년 5월 서울 녹색미래 정상회의가 열린 행사장 앞에서 썩은 당근 217킬로그램을 쏟아부었다. '위험하거나 부당한 상황에 놓여 있다면 당근을 흔들어달라'는 온라인 밈을 활용한 퍼포먼스였다. 우리는 위험에 처해 있으니 말로만 기후 위기 대응에 힘쓰는 척하지 말고, 온실가스 감축을 위해 진짜로 노력하라는 뜻이었다. 청소년기후행동은 어떤 결정을 할 때 효율보다 구성원이 모두 공감하는 가치를 기준으로 삼는다.

> “ 물론 현실적인 요인들도 중요하지만, 우리가 가장 많이 따져보는 건 청소년기후행동의 주요 가치와 잘 맞는가예요. 예를 들면, ‘결석 시위’는 학교를 다니는 학생만 참여할 수 있는 단어잖아요. 그래서 우리는 모두가 함께하는 자리를 만들기 위해 ‘기후 파업’이라는 용어를 사용하기로 합의했어요. 누군가가 배제되는 상황을 막기 위해서요. ”

내가 나로 존재할 수 있으려면

현정은 2020년, 고등학교 1학년에 자퇴를 결정했다. 그리고 2021년 1월 울산을 떠나 서울에서 청소년기후행동 사무실에 출근하고 있다. 기후 위기를 해결하고 싶다는 현정의 확신은 여러 선택의 기준이 되었고 세상을 바라보는 관점을 만들었다.

> “ 저는 어떤 결정을 할 때, 내가 나로 존재할 수 있는지가 가장 중요해요. 고등학교를 자퇴하게 된 이유기도 해요. 기후 운동을 하면서 난생 처음으로 청소년 혐오와

차별을 겪었어요. 저는 흔히 말하는 모범생이었어서 딱히 차별을 경험하지 못했었거든요. 이 정도면 청소년이 잘 대우받는 사회라고 생각했는데, 전혀 아니라는 걸 알게 됐어요. 청소년을 가만히 있어야 하는 존재로 바라보고, 현재를 사는 주체라는 인식이 거의 없더라고요. 제가 일상을 보냈던 학교가 갑자기 이상해 보였어요. 이곳에 계속 있으면 학교가 정한 틀에 나를 맞추게 될 것 같았어요. 기후 운동에 집중하기 위해 자퇴를 한 건 아니지만, 결국 기후 운동 때문에 자퇴를 한 거죠. 제 관점이 바뀌었고 의사결정의 기준이 바뀐 거니까요. 청소년 활동가로 일하는 게 쉽지만은 않아요. 반장이 됐다거나 야자를 한다는 친구들의 이야기를 들으면 '나 지금 여기서 뭐 하고 있지?' 하는 생각이 들기도 해요. 학교로 돌아가고 싶지는 않은데, 그래도 마음이 허전한 순간이 있어요. 또래랑 다르게 살고 있는데 힘든 점 없냐는 질문을 많이 받거든요. 그런데, 똑같이 사는 사람은 없잖아요. 비슷해 보여도 자세히 들여다보면 다 다른 길을 걷고 있고 각자의 힘듦이 있죠. 하지만 이렇게 생각하면서도 불안할 때가 있는 것 같아요. ”

현정의 주변에는 해영처럼 관심사를 깊이 공유하는 친구도 있지만, 학교에서 앞으로의 길을 준비하고 있는 친구가 더 많다. 멀리서 보면 유독 자신이 다르게 보일 수밖에 없지만, 그 안에도 각기 다른 어려움이 있다는 걸 잊지 않는다. 나와 다른 사람을 존중하는 태도는 엄마에게서 배웠다.

“ 제 활동을 가장 지지하는 사람이 저라면, 두 번째로 큰 지지를 보내는 사람은 엄마예요. 학교를 그만두고 서울로 가서 기후 운동을 하고 싶다고 했을 때, 엄마는 제가 원한다면 그렇게 하라고 하셨어요. 한번은 엄마에게 딸이 기후 운동을 하는 게 싫냐고 물어본 적이 있어요. "네 결정인데 엄마가 싫고 말고 할 게 어딨냐"고 대답하시더라고요. 늘 저의 선택을 존중해주세요. 자퇴를 선택했을 때도 나중에 후회할 수도 있겠지만 후회하더라도 네 인생이고 후회가 나쁜 것도 아니라고 얘기해주셨고요. 활동을 하면서 슬프거나 힘들 때, 저는 엄마에게 전화를 걸어요. 엄마와 이야기를 나누면 마음이 나아져요. ”

저는 기다릴 생각이 없거든요

자신이 선택한 삶을 살고 싶지만, 남들과 다른 길을 선택한다는 건 불안하다. 청소년의 꿈과 끼를 살리는 방법에 대해 이야기하려면, 남들과 다른 선택을 하는 청소년들이

불안하지 않은 사회가 먼저 존재해야 한다. 새로운 시도를 할 수 있는 기회가 여러 번 주어지지 않는다면, 실패에 대한 두려움은 지우기 어렵다. 현정은 불안을 뒤로 하고 지금 할 수 있는 일에 집중하고 있다.

"저는 지금 언론팀 상임 활동가로 일하고 있어요. 지난주에는 기사 분석 트레이닝을 했어요. 여러 언론사에서 발행된 기후 위기 기사를 읽고 좋은 부분과 아쉬운 부분을 정리해 별점과 한줄평을 남겨보는 식이에요. 언론사별로 기후 위기를 보는 관점이 어떤지 알게 됐고, 나중에 각 언론사와 어떤 식으로 소통을 해야 할지 감이 잡혔어요. 이 일을 시작하고 나서 소통을 잘 하는 방법을 늘 고민해요. 어떤 메시지를 보내야 가장 효과적일지, 메시지를 잘 살릴 수 있는 캠페인 방법은 무엇일지를 탐색하고 판단하는 거죠."

청소년기후행동은 기후 재난을 막기 위해서는 실질적인 정책이 등장해야 하고, 기업의 생산 구조가 바뀌어야 한다고 판단했다. 거대한 구조를 개선하는 게 시급하기 때문에 국회의원, 대통령 등 사회 구조를 변화시킬 수 있는 사람들에게 지속적으로 답변을 요구하고 있다.

“ 우리의 편지에 답해야 기후 위기라는 저주를 면할 수 있다는 콘셉트로, 국회의원 15명한테 ‘행운의 편지’를 보낸 적 있어요. 적어도 10명은 답을 줄 거라고 생각했는데, 정의당의 장혜영 의원님만 기간에 맞춰서 답변을 주셨어요. 편지에는 당연한 말만 써져 있었거든요. “기후 위기에 대응하지 않으면 재난이 닥쳐올 것입니다. 기후 위기를 해결하는 방법에는 이런 것들이 있습니다. 국회에서 해결에 앞장서줬으면 좋겠습니다. 답변해 주십시오.” 그런데 여기에 공감하는 의원이 15명 중 단 한 명이라는 거잖아요. 전체 300명 중에는 몇 명이나 있을까요? 나도 국민인데, 나를 대변할 사람이 국회에 한 명뿐인 게 말이 되냐는 생각을 많이 했어요. ”

청소년기후행동 소속 19명의 청소년은 2020년 3월 대한민국 국회와 대통령을 상대로 헌법소원* 심판청구서를 제출했다. 온실가스 감축 목표가 정해지는 폐쇄적인 과정과 소극적인 감축 목표는 헌법에 보장된 국민의 기본권을 침해한다는 내용이었다. 현정은 국가가 청소년의 목소리를 듣지 않는 것에 분노와 씁쓸함을 느꼈다.

* 헌법상 보장된 기본권을 침해받았을 때 자신의 권리를 주장할 수 있는 제도.

2021년 국정감사를 앞두고 국회 앞에서 피켓을 든 현정.

“ 2020년 국정감사에서 기후 위기에 대해 직접 목소리를 낼 기회가 있었는데, 어리기 때문에 미성숙하고 선동당할 수 있다는 이유로 참고인으로 서지 못했어요. 그런데 그때 국정감사에서 EBS에서 만든 캐릭터인 '펭수'를 참고인으로 데려오려고 엄청 노력했거든요. 정작 저희는 거절당하니까, 국회가 청소년을 국민으로 여기지 않는다고 느꼈어요. 우리는 이미 지금 여기 있는데 자꾸 미래에만 있을 것처럼 얘기해요. 그런데 저는 성인이 될 때까지 기다릴 생각이 없거든요. 우리가 지금 당장

할 수 있는 게 정말 많아요. 교육청에 탈석탄선언을 하지 않은 은행과 거래하지 말라고 주장할 수 있는 사람들에게 요구되는 게 환경 교육을 받고 분리수거를 잘 하는 것뿐이라니! 더 많은 걸 할 수 있는데, 왜 이 정도에서 멈추라고 말하는 건지 모르겠어요. ”

변화가 쉽다는 걸 증명할 거예요

현정은 자신이 목소리를 내면 사람들이 변화를 만드는 일에 당연히 동참할 거라고 믿었다. 그러나 이 믿음은 수도 없이 깨졌다. 과학적 증거가 명백하고 시간이 얼마 남지 않았는데도 기후 위기를 외면하는 걸 이해할 수 없지만, 사람들의 무관심이 활동을 멈출 이유가 되지는 않았다. 오히려 더 전략적이고 정치적으로 변해야 한다는 의지가 생겼다. 현정에게 어떤 미래를 그리고 있는지 물었다.

“ 미래는 아직 잘 모르겠어요. 그리기가 어려워졌어요. 기후 위기 문제가 너무 시급해서, 급한 불을 끄자는 마음으로 활동을 시작했는데… 불이 이렇게 안 꺼질 줄이야! 제 생각보다 훨씬 큰 불이었고, 끄기까지 아주 오래 걸릴 것 같아요. 예전에는 대학에 가려고 했었는데, 이제는 잘 모르겠어요. 저는 제가 당연히 대학에 갈 줄 알았어요. 어떤 대학과 학과에 가서 무슨 일을 할지 계획을 다 짜놨었어요. 그런데 고등학교를 자퇴하고 나니까 '대학이라고 다를 게 있을까?' 하는 의심이 스멀스멀 올라오는 거예요. 대학교에서 정말 중요한 걸 배울 수 있다면 진학하는 것도 좋지만, 그게 나한테 완벽한 선택지는 아닐 수도 있다는 생각이 들어요. 확실한 건 앞으로도 계속 기후 운동을 하고 싶다는 거예요. 목표가 확고하니까, 이룰 때까지 계속해서 문제를 해결하고 나면 또 다른 문제 해결에 나서지 않을까요. 저에게 영향을 주는 문제를 해결하기 위해 당사자로서 계속 목소리를 낼 것 같아요. ”

우리가 진로를 고민할 때, 관심사에서 출발하라는 말을 자주 듣는다. 관심사를 떠올리면 생각만 해도 즐거운 감정이 들어야만 할 것 같다. 하지만 현정과 이야기를 나누며 충격, 분노, 절박함 같은 감정 역시 관심사로 연결될 수 있다는 것을 알게 되었다. 이 감정들은 현정이 일을 지속하게 되는 동력이기도 하지만, 때때로 마음의 그늘이 되기도 한다.

“ '기후 우울'이라는 말이 있어요. 기후 위기로 인해 일상에서 불안과 위협, 우울감을 느끼는 증상이에요. 저는 낙천적이고 회복 탄력성이 좋은 편인데, 분노할 상황이 계속 생기기 때문에 어쩔 수 없이 타격을 받는 것 같아요. 기후 위기를 막지 못하면 안전할 수 없다는 두려움과 우리의 목소리만으로는 석탄 발전소 하나 끄지 못한다는 무력감을 늘 느껴요. 분노할 일이 너무 많고 끝이 없어서 저는 그냥 잊어버려요. 그 감정을 다 안고 있으면 활동을 지속할 수 없을 것 같아요. 그래서 일을 할 때는 기대하는 마음을 버리고, 지금 당장 해야 할 일을 해요. 오히려 이런 무력감 속에 있기 때문에 시스템이 변해야 한다고 강하게 이야기할 수 있는 건 아닐까요? ”

절박함과 무력감 속에서 목소리를 내는 청소년 활동가가 원하는 건 기특하다는 칭찬이나 영웅 대접이 아니라 지구 온난화 속도를 늦추는 구체적인 방법이다. 현정은 누구나 목소리를 낼 수 있고 문제를 해결하는 주체가 될 수 있는 사회가 되어야 한다고 했다.

“ 저는 단순히 기후 위기만 막는 게 아니라, 문제의 당사자인 사람들의 목소리가 정책이나 의사결정에 반영되는 사회 구조를 만들고 싶어요. 청소년은 기후 위기의 최대 피해자지만 정작 의사결정 과정에서 배제되거

나 무시당하는 경험을 너무 많이 하잖아요. 그래도 우리가 기후 위기를 막는 일에 성공한다면, 또 다른 문제를 맞닥뜨렸을 때 지금처럼 내가 작다는 생각을 하지 않고 자신 있게 목소리를 낼 것 같아요. ”

기후 활동가의 일은 당사자가 자신의 목소리를 내는 게 쉬워지는 사회를 꿈꾸게 했다. 현정의 생각을 더 자세히 듣고 싶었다. 어떤 세상을 원하는지, 그 안에서 현정은 어떤 역할을 하고 싶은지 물었다.

> “경제 성장 못지않게 돌봄에 대해 고민하는 세상을 원해요. 누구나 평등한 세상이 되면 좋겠어요. 세상에 존재하는 다양한 사람들이 작아지지 않고 “저는 이게 필요해요”라고 말할 수 있는 사회요. 변화가 쉽다는 걸 알려주는 존재가 되고 싶어요. 정확히 말하면 변화가 쉬운 세상을 만들고 싶어요. 변화가 왜 어려워야 하는지 모르겠어요. 지금 이 상황을 유지해야 하는 이유만 늘어놓으면서 회피하는 게 이해가 되지 않아요. 기후 위기 대응에 성공하면, 다른 사람들한테 “거 봐, 변화는 쉽다니까!” 하고 얘기하고 싶어요. 사실 전혀 쉽지 않고, 너무 힘들고, 한 사람의 영향력은 아주 작지만 우리가 모이면 더 큰 영향력을 만들 수 있고 충분히 변화를 이뤄낼 수 있는 존재들이라고 알려주고 싶어요. 지금 망설이고 있는 사람이 있다면, 자신이 중요하다고 생각하는 것부터 일단 시작해보면 좋겠어요. 후회해도 괜찮고 실수해도 괜찮다는 마음으로요.”

2021년 10월, 현정은 국정감사에 출석했다. 청소년이라는 이유로 출입을 거절당한 이후 1년 사이에 만든 변화다. 현정은 기후 변화의 위협을 가장 먼저 마주할 청소년,

PRIDE

변화가 쉽다는 걸
알려주는 존재가
되고 싶어요.
정확히 말하면
변화가 쉬운 세상을
만들고 싶어요.

노동자, 노숙인, 장애인 당사자들도 논의 테이블에 앉아야 한다고 목소리를 냈다. 기후 위기를 막지 못할 경우 높은 기온과 쉼 없이 이어질 장마 그리고 빈곤 속에서 살아남을 방법을 고민하는 건 약자들의 몫이 된다. 현정은 청소년을 넘어 다양한 사람들의 인권에 대해 이야기했다.

현정은 혼자가 아니라 함께기 때문에 부족한 부분에 대해 두려움이 없다고 말했다. 나와 같은 목표를 가진 사람들과 나아간다면, 수많은 어려움에도 불구하고 할 수 있다는 믿음이 생긴다. 언젠가 기후 위기가 아닌 다른 문제를 위해 목소리를 높이는 활동가가 돼도 이 믿음은 똑같이 힘을 발휘할 것이다. 그때에도 현정 곁에 많은 동료가 있기를 바란다.

청소년기후행동의 외침에 '요구만 있고 구체적인 문제 해결 방법은 없다'는 반박을 심심치 않게 발견할 수 있다. 하지만 구체적인 문제 해결 방법은 문제를 만든 사람들이 힘을 모아 찾아야 한다. '그런다고 바뀌는 건 없다'고 말하기보다는 궁금증을 갖고 탐색해보면 좋겠다. 다양한 사람들과 함께 살아가는 사회에는 여러 문제가 존재하고, '아직' 나와 상관없는 일일뿐 언제고 마주할 수 있다는 걸 기억하면서 말이다. 현정처럼 자신의 방식이 누군가의 목소리를 지우는 건 아닌지 고민하는 사람이 늘어난다면, 우리의 목소리는 더욱 선명해질 것이다.

나에게로
질문 옮겨오기

★ 내 목소리를 싣고 싶은 사회 문제가 있나요?

내 일과 직접적인 관련이 없더라도 우리는 같은 사회에 속한 구성원이기 때문에 어떤 사회 문제와도 영향을 주고받을 수 있어요. 내가 하고 싶은 일과 방금 떠올린 사회 문제는 어떤 관련이 있는지 생각해 보세요.

★★ 나는 어떤 이야기의 당사자인가요?

현정은 기후 운동을 하고 있기도 하지만, 학교 밖 청소년이기도 합니다. 지방에 살다 서울로 이주한 사람이기도 하고요. 관심사, 지역, 성별, 성적 지향 등 다양한 관점으로 나에 대해 생각해 봅시다.

가치 있는 일을 할 시간

플랫폼 프로듀서

최형빈

2005년생. 경북대학교 사범대학 부설 고등학교에 재학 중이다. 중학교 3학년이었던 2020년 2월, 친구 이찬형과 함께 코로나19 정보를 제공하는 '코로나나우' 웹사이트와 앱을 개발했다. 전문적인 개발 능력이 없는 상태에서 만든 서비스가 실시간 검색어 1위에 오르며 큰 주목을 받았다. 만드는 사람의 가치관이 반영된 서비스를 만드는 플랫폼 프로듀서이자 스타트업 CEO를 꿈꾸고 있다. 일할 때도 쉴 때도 몰입이 필요할 때도 음악을 듣는다. 주로 신나는 힙합이다. 또 다른 인생을 살 수 있다면 소방관을 하고 싶다. 과학과 IT기술로 사회 문제를 해결하는 일에 매력을 느낀다. 말하는 걸 좋아하고 주로 대화를 통해 영감을 얻는다. 일을 시작하고 새벽에 무언가를 하려는 직업병이 생겼다. 사람이 2시간만 자도 죽지 않는다는 걸 깨달을 만큼 매일을 촘촘하게 살고 있다.

2020년 1월 20일, 국내에서 코로나 바이러스 최초 감염자가 보고됐다. 이렇게 전파 속도가 빠르고 감염률이 높은 전염병은 처음이었다. 마스크 착용과 사회적 거리두기가 시작됐고 정부는 매일같이 코로나 현황에 대해 브리핑했다. 모두가 처음 겪는 상황에 불안감은 커졌고 정보에 대한 신뢰도는 낮았다. 온라인에는 혐오 표현과 가짜 뉴스가 떠돌았고 2020년 2월 18일 대구에서 발생한 집단 감염은 지역 기피 현상으로 이어졌다.

그때 형빈은 대구에 사는 중학생이었다. 코로나 바이러스와 관련된 정보를 주변 사람들과 공유하는 게 일상이던 시기에 형빈은 피로감과 두려움을 느꼈다. 어디서 시작됐는지 모르는 정보를 사람들이 믿는 이유는 정확하고 꼭 필요한 정보를 쉽게 제공하는 채널이 없기 때문이라고 생각했던 형빈은 2020년 2월 3일 친구 찬형과 함께 정보 제공 서비스 '코로나나우(CORONANOW)'를 만들기 시작했다. 지금과는 달리 당시에는 국내외 확진자 발생 현황이나 지역별 상황을 한눈에 확인할 수 있는 서비스가 없었다. 국내 정보는 질병관리청의 발표를 참고했고, 해외 정보는 존스홉킨스대학, 중국 의료 정보 사이트 등 공신력 있는 기관의 정보를 모았다. 정보의 종류도 다양했다. 확진자 수와 검사 진행 숫자뿐만 아니라 코로나19 관련 뉴스와 가까운 선별 검사소, 코로나19가 의심될 때 찾아야 하는 병원 정보까지 제공했다. 특히 대구 지역의 격리 병원 위치와 병상 현황, 현재 환자의 상태 등을 공유해 감염 예방과 감염 후 대처에도 도움이 되는 정보를 담았다. 코로나나우는 2020년 2월 24일 실시간 검색어 1위에 올랐고, 최대 동시 접속자수 3만 5000명을 달성했다.

형빈과 찬형이 코로나나우를 개발하는 데 걸린 시간은 단 일주일이다. 천재적인 개발 실력을 가진 청소년 팀을 상상하게 되지만, 형빈은 단호히 그렇지 않다고 답했다. 개발에 능숙한 사람들이라면 하루면 만들 수 있는 수준이었고, 초기 6개월은 데이터를 직접 관리하는 수작업 시스템으로 운영되었다고 했다. 코로나나우는 2020년 리뉴얼 작업을 거쳐 자동으로 데이터를 불러오는 시스템을 구축했다. 형빈은 코로나19가 종식될 때까지 코로나나우를 운영할 예정이다.

당신의 불안 없는 하루를 위해

스마트폰의 등장 이후 온라인 활동은 이미 일상의 영역이 됐지만, 코로나19가 시작된 후에는 모든 활동을 온라인에

의지해야 했다. 자연스럽게 코로나19 관련 앱이 생겨났다. 확진자가 방문한 장소가 반경 100미터 이내에 있을 때 알람이 울리거나, 확진자별 동선을 지도로 보여주는 앱이 나오기도 했다. 사람들의 두려움을 반영한 서비스였다. 하지만 코로나나우는 조금 달랐다. 웹사이트를 열면, '당신의 불안 없는 하루를 위해'라는 문장이 제일 먼저 보인다. 정확한 확진자 수와 국내외 추이 그리고 코로나19에 감염됐을 때 방문해야 하는 주변 병원 정보 등을 제공한다. 사람들의 두려움을 반영하기보다는 두려움의 해소를 목적으로 한 서비스였다. 형빈은 어떤 마음으로 코로나나우를 만들었을까?

“ 그때는 코로나 바이러스에 대해 아는 게 거의 없던 시기라 가짜 뉴스도 많았고 사람마다 가진 정보가 다 달랐어요. 학원에 갔는데 어떤 친구는 중국에서 폭격으로 감염자들이 다 죽었다고 말하고, 다른 친구는 가짜 치료제로 18만 명이 사망했다고 하는 거예요. 믿지는 않았지만 혼란스러웠고 불안했죠. 대부분 SNS로 얻은 가짜 뉴스였어요. 사람들이 질병관리본부에서 발표되는 내용이나 데이터를 기다리기보다는 온라인에 떠도는 정보를 의지하고 공유하는 모습을 보면서 어떤 심리에서 비롯된 행동일까 생각해봤어요. 아직 공개되지 않은 자료라고 짐작되는 정보를 획득하면, 다른 사람보다 더 많은 정보를 알고 있다고 느끼게 되잖아요. 정보를 빠르게 많이 얻을 수 있으면 불안감과 공포감이 줄어들겠구나 싶었어요. 그래서 출처 없는 가짜 정보가 아니라 공신력 있는 정보를 최대한 모아서, 원하는 정보를 쉽게 파악할 수 있는 온라인 플랫폼을 만들어야겠다고 마음먹었죠. 이 두려움은 온라인에서 공유되는 정보에서 시작된 거니까요. 찬형이랑 개발 공부를 해서 앱을 만들어보고 싶다고 생각을 하던 시기였고, 이왕이면 사회에 의미 있는 걸 만들고 싶었어요. ”

형빈이 코로나나우를 기획하면서 가장 중요하게 생각한 것은 정보량과 신뢰였다. 누구나 이해하기 쉽도록 정보를 보여주는 방식도 신경썼다. 우리가 처음 만나는 전염병에 대처하는 최선의 방법이었다.

“ 정보가 많아야 안심할 수 있다고 생각해서 넣을 수 있는 정보는 다 넣었어요. 중구난방처럼 보여도 코로나나우에 방문하면 못 얻는 정보는 없다고 생각하길 바랐어요. 줄글 형태의 정부 공문들은 이해하기 쉽게 그래프로 바꿨고요. 병상이 가득 차면 다른 병원을 이용해달라는 알람을 보내고, 계속 모니터링하다가 상황이 바뀌면

새벽이라도 이용이 가능하다는 알람을 보냈어요. 국내외 확진자 상황을 한눈에 볼 수 있는 화면의 이름도 일부러 '상황판'이라고 붙였어요. 전문적인 단어로 신뢰감을 주고 싶었거든요. 많은 정보를 담는 게 무조건 좋은 방식은 아니에요. 코로나19가 일상화된 지금은 여러 서비스들이 꼭 필요한 정보만 직관적이고 깔끔하게 전달하고 있죠. 코로나나우도 2020년 7월부터 자동화 준비를 했고, 11월부터는 자동 시스템으로 운영되고 있어요. 지자체에서 발신하는 재난 문자를 수집해서 알고리즘이 정보를 자동으로 파악하고 분류하게 만들었어요. ”

오늘을 지키고 싶다는 책임감

당시 형빈과 찬형은 앱 개발 경험이 없었다. 형빈이 학교에서 팀 과제로 웹사이트를 만들어본 게 전부였다. 하지만 일단 함께 공부하면서 할 수 있는 만큼의 기능을 담은 서비스를 운영해보기로 뜻을 모았다.

> “ 하고 싶은 게 생기면 빠르게 추진하는 성격이거든요. 그리고 사실 사이트를 만드는 건 그렇게 오래 걸리지 않아요. 디자인된 웹사이트 템플릿을 구매하고, 코딩책에서 예제를 보면서 필요한 기능을 구현하기 위한 코드를 짰어요. 개발을 잘했다면 온라인에서 자동으로 정보를 긁어와서 업데이트하게 만들 수 있었을 텐데, 그럴 능력은 안 돼서 매일 일일이 숫자를 바꿔서 업로드했어요. 2월부터 8월까지 매일 아침 질병관리청 보도자료를 확인했죠. 방학이었는데도 아침에 저절로 눈이 떠지더라고요. 저희가 정보를 제공하는 속도가 뉴스 기사보다 10분 정도 빨랐거든요. 뉴스보다 먼저 이용자들에게 푸시 알람을 보낼 때 얻는 희열이 있었어요. 조금이라도 더 빨리 정확한 정보를 제공하고 싶어서 모니터링 작업도 계속 했어요. 당시에는 감염자 수가 많지 않았고 확진자가 나올 때마다 기사가 떠서, 어느 정도 예측이 가

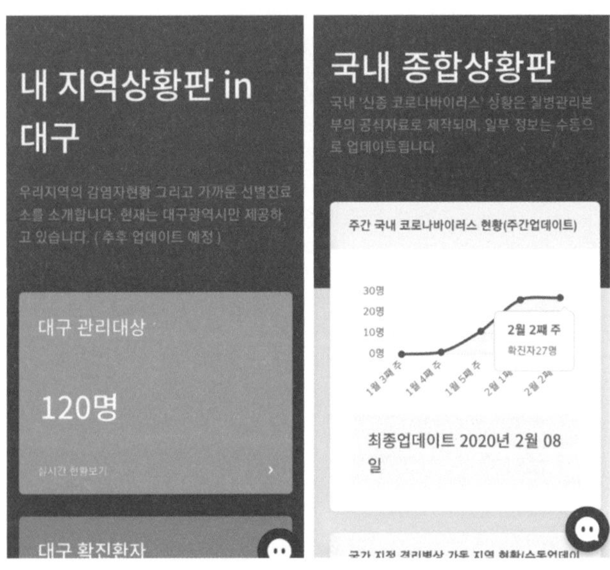

2020년 코로나나우의 모습.

능했거든요. 기사를 보고 미리 예상 확진자 숫자를 써 둬서 시간을 줄였어요. ❞

처음에는 형빈과 찬형의 가족이 주요 이용자였다. 방문자는 많지 않았지만, 직접 만든 서비스를 이용하는 사람이 있다는 것만으로도 신기하고 기뻤다. 그렇게 2주가 흘렀고 코로나 나우는 2020년 2월 24일 실시간 검색어 1위에 올랐다.

“ 처음에는 사용자가 하루에 60명도 안 됐어요. 계속 지켜보다가 한 명 들어오면 ‘우와, 들어왔다!’ 하면서 놀랐죠. 그러다 어느 날 급속도로 트래픽이 늘어났어요. 아마 대구 지역의 맘카페에서 공유되기 시작된 것 같아요. 안심할 수 있는 정보가 가장 필요한 분들이 찾아오신 거죠. 수십만 명이 사이트에 접속하는 걸 보면서 기분이 정말 좋았어요. 제가 만든 서비스가 이렇게 많은 사람들한테 필요하다는 거니까요. 개인적인 욕심으로 어떻게 하면 이 사이트에 더 오래 머무르게 할까 고민도 했었는데, 조금 더 고민하니까 그럴 필요가 없더라고요. 사람들이 오래 머문다는 건 불안해서 정보를 더 찾아보고 있다는 뜻일 수 있잖아요. 새벽에도 수천 명이 들어와 있는 것 보면 마음이 편하지 않더라고요. ”

형빈은 서비스를 기획할 때 가장 중요한 것은 실현하고 싶은 가치를 분명히 하는 일이라고 했다. 코로나나우는 ‘당신의 불안 없는 하루를 위해’라는 문장을 정했고, 그 이후 필요한 결정은 모두 ‘사용자의 불안을 줄이는 데 도움이 되는가’를 기준으로 삼았다. 자연스럽게 불필요한 고민이 줄어들고, 지향하는 가치를 위해 추가적으로 필요한 것을 구현하는 데 힘을 더 쏟게 됐다.

“ 저는 예전부터 재난이나 소방 분야에 관심이 많았어요. 그러다 보니 재난을 예방할 수 있는 기술에 대해서 고민하게 되더라고요. 미래를 혁신하는 것만큼 오늘을 지키는 것도 중요하잖아요. 이런 마음이 있었기 때문에 반응이 없던 시기에도 코로나나우를 운영할 수 있었던 것 같아요. 저는 만드는 사람이 지향하는 가치가 서비스에 반영됐을 때 책임감을 갖게 된다고 생각해요. 코로나19가 끝날 때까지 계속 서비스를 유지하겠다고 결정한 이유도 사회의 불안을 줄이고 싶다는 저의 가치를 지키고 싶어서예요. ”

코로나나우에 들어오면 오른쪽 하단에 채팅 버튼이 보인다. 버튼을 클릭하면 웹사이트 이용과 관련해 질문을 남기고 답을 얻을 수 있다. 쇼핑몰처럼 이용자와 적극적으로 소통해야 하는 서비스가 아닌데, 직접 답장해야 하는 번거로움을 감수하면서 채팅 기능을 유지하는 이유 또한 형빈이 지향하는 서비스의 가치와 연결되어 있었다.

“ 코로나19로 인한 불안을 해소하고 편안한 마음을 얻고 싶을 때 코로나나우를 찾으면 좋겠다고 생각했어요. 콘텐츠나 커뮤니티 기능을 고민했었는데, 뾰족한 답이 나오지 않았어요. 서로 정보를 주고받을 수 있는 게

시판을 만드는 건 쉽지만 근본적인 해결책이 아닌 것 같았죠. 익명의 사람들과 대화를 나누거나 부정확한 정보를 주고받으면 불안이 커질 수도 있잖아요. 그런데 '채널톡'이라는 서비스의 채팅 상담 기능을 활용하면 제가 직접 이용자들과 대화를 나눌 수 있겠더라고요. 좋은 방법 같았어요. '오늘 확진자 수' 같은 기본 질문은 챗봇이 자동 응답을 해주지만, 절반 정도는 직접 답해야 해요. 이용자분들은 대부분 뒤에 사람이 있다는 걸 모르고 메시지를 보내시는 것 같아요. 인사하고 답변을 드리면 놀라기도 하시더라고요. '자가 격리 중인데 힘드네요' 같은 개인적인 메시지를 받으면 잠시 말동무가 되어드리기도 해요. 여전히 메시지가 오고 있고, 제가 할 수 있는 선에서 최대한 답변을 드리고 있어요. 지금까지는 응답률이 98퍼센트예요. ”

도움을 주고받는 서비스

코로나나우는 형빈이 만든 첫 서비스다. 이전에는 서비스가 할 수 있는 일이 무엇인지 생각만 했다면, 이제는 직접 시도해볼 수 있게 됐다. 서비스의 가치를 실현하고 확인하고 싶었던 형빈은 코로나나우와 관련된 수익을 모두 기부했다. 앱 광고 수익금으로 간식을 구입해 대구에 있는 병원 세 곳에 전달했고, 광고에 출연해서 받은 출연료로는 건강식품을 구매해 대구 소방안전본부에 기부했다. 오디션 프로그램 〈미스터트롯〉에서 의인상으로 받은 1000만 원은 장학금으로 쓰일 수 있도록 대구시 교육청에 전달했다.

“ 처음부터 수익금은 기부할 계획이었어요. 정보를 공유하는 것을 넘어 사회에 실질적인 도움이 되고 싶었거든요. 수입이 생기면 가장 필요하다고 생각한 곳에 기부를 했어요. 의료진분들께 힘이 될 수 있도록 응원의 메시지를 모아 전한 적도 있어요. 소식을 알리자마자 400건이 넘는 메시지가 왔어요! 그중에는 래퍼 빈지노 씨랑 서동현 씨의 메시지도 있었고요. 코로나나우는 온라인 서비스지만 우리는 실제로도 연결되어 있다는 걸 전하고 싶었어요. 더 많은 기부를 할 수도 있었는데, 짧은 시간에 이용자가 급속도로 늘어나면서 부정 트래픽으로 분류돼 실제 이용자 수에 걸맞은 수익을 못 냈어요. 이용자분들이 광고를 눌러주실 때마다 경고가 왔어요. 매크로를 돌려서 부당하게 이익을 취하려는 걸로 파악된 거죠. 미국에서 코로나 관련 앱은 정부 기관만 운영 가능하다는 정책이 만들어져서 구글 플레이스토어에서는 검색도 정지됐었어요. 이용자가 120만 명이었고 1위를 목전에 두고 있었는데, 다른 마켓으로 옮겨가야 했죠. 예상 수익이 1억 정도였는데 아쉬워요. ”

시작할 당시 그리 길지 않을 거라고 생각했던 서비스의 수명은 코로나19가 장기화되며 점점 늘어났다. 예상만큼 수익을 내지 못한 반면 방문자 수가 늘어난 만큼 웹페이지를 운영하는 비용은 높아졌다. 관심이 늘어나면서 해커들의 공격을 받기도 했다. 이른 나이에 성취를 이룬 청소년이라는 사실도 공격의 이유가 됐다. 여러 모로 중학생인 형빈이 혼자 감당하기엔 큰 일이었다. 운영에 대한 고민이 생길 수밖에 없던 순간, 코로나나우가 세상에 힘을 보탰던 것처럼 도움이 돌아왔다.

“ 학생이 운영하는데다가 갑자기 뜬 사이트여서 그런지 디도스 공격*도 많이 날아왔었어요. 서버 호스팅 업체인 ‘닷홈’에서 막을 수 없는 수준이어서 한국인터넷진흥원(KISA)에 신고를 하고 겨우 서버를 지켰어요. 서버가 다운될 때마다 닷홈에서 꾸준히 복구 작업을 해주시고, 지속할 수 있는 방법을 함께 고민해주셨어요.

* 사이트가 소화할 수 없는 접속 통신량을 발생시켜 서비스를 마비시키는 해킹 방법.

감사하면서도 비용이 걱정됐죠. 아무리 봐도 제가 감당할 수 있는 비용이 아니었거든요. 그런데 닷홈에서 코로나19가 끝날 때까지 저희를 무상으로 지원하겠다고 하더라고요. 채널톡도 웹사이트 방문자가 많을수록 비용이 높아져요. 방문자 수가 폭등한 날에 이용료를 후불로 지불하는 게 가능한지 문의를 드렸는데, 이미 상황을 알고 있었고 이전부터 돕고 싶었다며 서비스를 무료로 사용할 수 있도록 해주셨어요. 이렇게 긴 팬데믹이 될지는 아무도 몰랐을 텐데, 닷홈과 채널톡에 감사하죠. 미국 정책 때문에 구글 플레이스토어에서 앱이 정지됐을 때는 한국정보화진흥원에 문의를 드렸어요. 근본적인 해결책을 찾지는 못했지만, '코로나'라는 단어를 빼고 날씨 앱이나 공적 마스크 앱으로 포장해서 올리는 등의 방법을 제안해주셨어요. 여러 곳에서 도움을 주셨던 게 정말 고마웠어요. ”

플랫폼 프로듀서라는 이름

형빈은 코로나나우를 운영하면서 하고 싶은 일이 더 선명해졌다고 말한다. 실제 세상과 연결되어 일하다 보면 어떤 사람과 어떻게 일하는 게 나와 잘 맞는지 알 수 있고, 현장에서 만난 여러 관계를 통해 그동안 몰라서 꿈꾸지 못했던 진로를 발견하게 되기도 한다.

“ 그때 저희보다 먼저 코로나19 관련 서비스를 만든 대구 중학생 팀이 있었어요. 개발을 정말 잘하는 친구들이어서 당시 언론의 관심도 많이 받았는데, 한 달 정도 운영을 한 후 종료하고 또 다른 서비스를 만들었어요. 조금 더 운영했다면 사용자들의 반응을 볼 수 있었을 텐데 아쉬웠죠. 개발자는 하나를 꾸준히 운영하면서 개선하기보다는 자신이 가진 기술로 계속 새로운 것을 만들어내야 하는 것 같아요. 코로나나우를 운영하면서 개발자보다는 기획, 디자인, 운영, 개발을 두루두루 하는 역할이 제게 더 잘 맞겠다는 생각이 확실해졌어요. 이용자가 많을 때는 친구들의 도움을 받았는데, 수평적인 관계 사이에서도 결정에 책임을 지고 큰 그림을 보면서 관리할 수 있는 사람이 있어야 하더라고요. 그래서 요즘 저를 설명하는 말로 '플랫폼 프로듀서'라는 이름을 밀고 있어요. 플랫폼 서비스*가 지향하는 가치와 서비스를 만들 때 필요한 일들에 대한 높은 이해도를 바탕으로 의사결정을 내리고 일을 분배하는 역할이에요. 스타트업

* 사람들이 모여 물건이나 서비스를 사고팔거나 교환할 수 있는 온라인 공간을 만드는 일.

의 '프로덕트 오너(Product owner)'와 비슷해요. 좋은 팀워크를 위해서는 이 역할이 꼭 필요하더라고요. ❞

형빈은 컴퓨터로 기술을 구현하는 것 자체보다는 관심 있는 문제를 해결하고 불편함을 줄이는 일에 더 매력을 느낀다. 그러다 보니 스타트업에 대한 관심이 생겼고, 관련된 글과 영상을 일상적으로 찾아보게 됐다. 덕분에 리더로서 팀을 이끄는 방법에 대한 아이디어도 얻을 수 있었다.

❝ 좋은 팀을 만들기 위해서는 팀원들에게 정보를 투명하게 공개해야 한다는 이야기를 자주 들었는데, 직접 해보기 전에는 이유를 몰랐어요. 친구들과 팀으로 일하면서 모든 정보를 공유하고 자신이 맡은 역할 안에서 주도권을 가질 수 있도록 했더니, 각자의 일을 하는데도 서비스가 안정적으로 운영되더라고요. 예를 들면 외국어 문의를 담당하는 친구에게 그냥 번역을 해달라고 하는 게 아니라 '글로벌 서비스 오퍼레이터'라는 이름을 붙이고 외국어로 된 채팅이 자동으로 그 친구에게 넘어가도록 했어요. 그러면 제가 따로 요청하지 않아도 책임감을 갖고 답변을 하더라고요. ❞

플랫폼 프로듀서 최형빈

코로나나우는 형빈을 비롯한 모든 구성원이 학생이라는 특징이 있었다. 그렇기에 팀의 방식을 만들어가며 특별히 신경 써야 하는 부분도 존재했다.

> “ 팀원들에게 동기를 부여하는 일이 가장 어려웠던 것 같아요. 코로나나우가 지향하는 가치에 공감하는 친구들이 모였지만, 마음속에 품은 진로는 모두 다르고 학생이기에 해야 하는 공부도 있으니까요. 기업이 팀을 만드는 방식과는 확실히 다를 수밖에 없었어요. 그래서 저는 친구마다 상황과 업무를 이어주려고 노력했어요. 기자를 꿈꾸는 친구에게는 나중에 포트폴리오를 만드는데 도움이 되도록 기사 스크랩을 부탁하는 식으로요. 이 일을 함께 하는 것이 각자의 삶에도 도움이 되는 게 중요하다고 생각했어요. 도움을 주고 싶다는 전문가분들의 연락도 많이 받았는데, 저는 조금 늦더라도 친구들이랑 같이 배워가는 게 좋았어요. ”

많이 배워서 그만큼 활용하고 싶어요

형빈은 코로나나우 운영 외에도 하는 일이 많다. 학교에서 지원금을 받아 수업 시간에 사용할 수 있는 온라인 도구를 만들고, 음원 수익 구조를 개선하는 앱 서비스를 기획하고, 멘토링을 받으면서 보안 전문가 과정을 이수하고 있다. 다른 활동을 할 때 형빈은 코로나나우를 만들었다는 사실을 드러내지 않으려고 한다. 코로나19라는 특수 상황이 있었고 공공성이 짙은 서비스이기 때문에 개인의 목표를 이뤄가는 과정에 활용하는 것이 내키지 않아서다. 코로나나우를 잠시 떼어 놓고 대화를 나눴다.

“ 초등학생 때는 검사가 꿈이었어요. 컴퓨터나 기술에는 관심이 없었죠. 그런데 초등학교 6학년 때 선생님 추천으로 대구광역시 교육청에서 주최한 ‘ICT 창의력 경진대회’에 나가게 됐어요. 제시된 사회적 문제를 기술로 어떻게 해결할 수 있을지 아이디어를 기획하는 대회였죠. 그 대회에서 금상을 받았어요. 그때 처음으로 컴퓨터와 기술이 사회에 어떤 역할을 할 수 있는지 알게 됐고 매력을 느끼게 된 거예요. 컴퓨터에 관심이 생기고 더 배울 수 있는 곳을 알아봤어요. 정보가 많지 않고 어려워서 혼자 찾아보는 게 힘들었는데, 정보 보안에 관심이 있는 청소년들을 가르치는 ‘정보보호영재원’이라는 곳이 있더라고요. 초등학교를 졸업할 때 지원했다가 떨어졌어요. 공고에는 간단한 필기시험으로 IT 관련 지식을 평가한다고 했는데, 정작 시험에는 최소공배수를 알아야 풀 수 있는 문제가 나왔어요. 저는 그게 뭔지 모르겠는 거예요! 중학교에서 배우는 내용이거든요. 아는 대로만 풀고 교수님과 면담을 하는데 왜 틀린 것 같은지 풀이를 해보라고 하시더라고요. 편하게 "모르겠습니다" 하고 대답했더니 교수님께서 "아, 그럼 나가보세요" 하고 면접이 끝났어요. 모른다고 하면 알려주실 줄 알았는데, 아니더라고요. 다른 곳을 찾아야겠다고 생각했어요. 다음 해에 다른 정보보호영재원을 찾았고, 다행히 저랑 잘 맞아서 계속 다닐 수 있었어요. ❞

형빈은 배움을 얻을 수 있는 곳을 계속 찾아나섰다. 정보보호영재원에서 보안과 방어 교육을 마치고, 2021년에는 한국정보기술연구원의 '차세대 보안 리더 양성 프로그램'에서 보안 컨설팅 과정을 이수 중이다. 매일 7시간씩 진행되는 수업과 과제를 소화하며 학교 수업까지 병행하는 게 만만치 않지만 그만둘 생각은 없다. 스타트업 대표가 되고 싶은 형빈은 왜 보안 과정을 이수하는 데 공을 들일까?

❝ 보안을 직업으로 삼을 게 아니면 이렇게까지 공부하지 않아도 된다고들 하시는데, 저는 회사의 자산을 지키는 일을 직원에게만 의존하지 않는 스타트업 CEO가 되고 싶어요. 저는 많이 배워서 배운 걸 써먹고 싶어요.

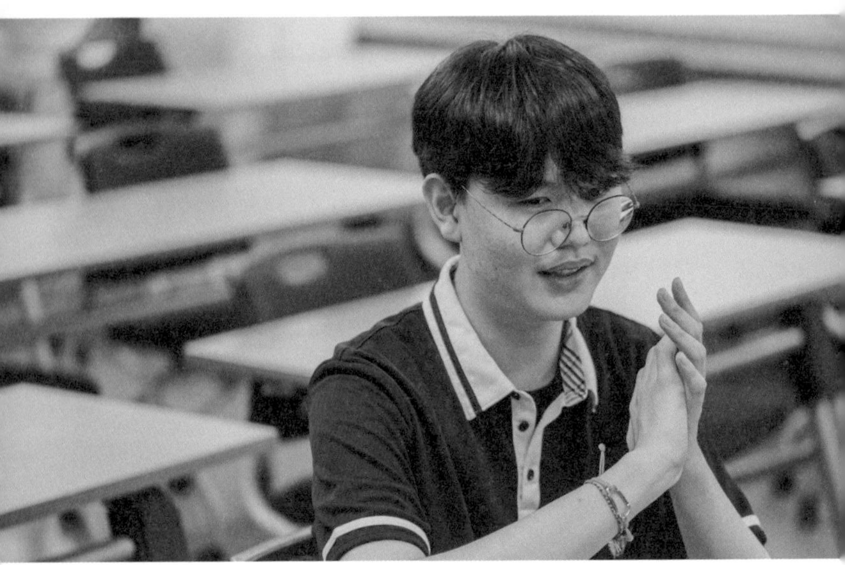

그래서 배우는 게 좋아요. 이전에 벤처 캐피털(Venture capital) 투자 심사역*에게 멘토링을 받은 적이 있는데, 그분들은 모르는 게 없더라고요. 3D 인공 팔 얘기하시다가 갑자기 메타버스 얘기로 넘어가고, 그러다가 보안 장비에 대해서 말씀하시고요. 아이디어에 피드백을 주실 때도 정말 많이 알고 있는 사람이라는 게 느껴졌어

* 벤처 캐피털은 잠재력이 있는 벤처 기업에 투자해 높은 이득을 추구하는 기업을 말한다. 투자 심사역은 투자 여부를 판단하는 역할을 한다.

요. 그런 게 멋져 보였어요. 연세가 꽤 있으셨는데도 계속 새로운 기술을 파악하고 공부하는 직업이라는 게 매력적이더라고요. ”

하고 싶은 일이 분명하고 경험을 쌓아가고 있지만, 형빈은 대학에 진학하기로 결정했다. 주변에서는 형빈이 좋은 대학에 가지 않아도, 고등학교만 졸업하고 창업을 해도 멋진 인생을 살 거라고 하지만 형빈의 생각은 다르다.

“ 예전에는 학벌이 무슨 상관이냐는 생각이었어요. 그런데 창업하고 실패하는 케이스를 많이 보고, 실제로 스타트업 대표님이나 투자 심사역을 멘토로 만나는 기회가 생기면서 생각이 달라졌어요. 고정관념일 수도 있지만, 같은 대학 출신의 동문이 투자자 자리에 있으면 투자를 받기 유리하더라고요. 공부를 열심히 해야겠다는 생각이 들었어요. 같은 걸 이야기해도 서울대 컴퓨터공학과를 졸업한 팀과 우리 같은 학생 팀이 있으면, 잘했다고 칭찬은 듣지만 사업 제안은 학벌이 좋은 팀이 먼저 받게 되지 않을까요? 사업 아이템 단계에서는 눈에 띄는 차이가 없으니까 사람에게 시선이 가는 거죠. 안타깝고 슬프지만 현실인 것 같아요. 물론 실력이 엄청나게 뛰어나거나 아이템이 좋으면 학벌 같은 건 문제가 안 되겠죠. 그런데 저는 지금 제 실력에 대한 불안이 있어요. 겸손한 게 아니에요. 주변에 저보다 개발을 잘 하는 친구들이 정말 많거든요. 계속 배우고 노력하고 있지만 성장이 멈추면 어떡하지, 하는 불안이 마음 한 켠에 늘 있어요. 저는 망하기 싫거든요. 대학에 가고 싶고, 경영학과 컴퓨터공학을 모두 배우고 석사까지 마친 뒤에 창업을 하고 싶어요. 코로나나우를 운영하고 다양한 사람들을 만나면서 더 확고해졌어요. 그런데 사실 이미 늦었다고 봐요. 이제 고등학교 1학년이지만, 원하는 대학을 가긴 그른 것 같아요. 그래도 목표는 크게 잡아야죠. ”

청소년이라서 할 수 있는 것

자신의 경로를 만들어가는 청소년들은 저마다의 부담감과 불안감이 있다. 사람들은 이들에게 기존의 질서를 깨는 선택을 해주길 기대하지만, 선택에 대한 책임은 온전히 개인의 몫이다. 우리가 종종 잊는 이 사실을 자각하면, 오히려 정해진 규칙 속에서 활용할 수 있는 기회와 자원을 찾는 것도 하나의 방법일 수 있다. 형빈의 생각을 물었다.

“ 저는 지금 학생으로서 만족해요. 학교나 지자체가 마련한 제도를 잘 이용하면 누릴 수 있는 게 생각보다

많거든요. 예를 들면, 정보보호영재원은 나라에서 교육비 전액을 지원해요. 지금 다니고 있는 학교에서는 웹 서비스를 만드는 데 필요한 예산을 지원해주기도 하고요. 그런데 한 가지 아쉬운 점은, 창업을 하고 싶어 하는 청소년들에게 제대로 지원을 해주면 좋겠다는 거예요. 관심 없는 사람에게 창업 교육을 강요하거나 애매한 커리큘럼이 나올 바에는, 차라리 진짜 하고 싶은 친구들에게 더 기회를 주면 좋겠어요. 그리고 자꾸 스티브 잡스처럼 되어야 한다며 코딩을 가르치는데, 스티브 잡스는 기술자가 아니잖아요. 코딩 교육을 하면서 스티브 잡스 같은 인재를 키워야 된다고 하는 걸 보면 아쉬워요. ”

형빈은 내 주변의 자원을 파악하고 영리하게 활용하는 방법을 택했다. 지금 다니는 고등학교를 선택한 것도 입시보다는 자기주도적 성장에 집중하는 교육 과정을 운영하기 때문이다. 자신이 하고 싶은 일을 할 시간적 여유를 확보하고 지지를 받을 수 있을 거라고 판단했다. 형빈은 지금 학생이기에 할 수 있는 일이 있다고 믿는다.

“ 지금 어떤 일을 할지 결정하는 데 학생과 성인은 차이가 있다고 생각해요. 강연에 갔다가 ‘실패를 통해 배웠던 경험이 있냐'는 질문을 받은 적이 있어요. 대답하기가 어려워서 당황했어요. 저는 대회에서도 많이 떨어져봤고 만들었던 서비스를 종료한 적도 있는데 실패했다고 생각한 적은 한 번도 없어요. 내가 실패한 게 아니라 하나의 서비스가 종료된 거라고 생각했죠. 아직은 패배감을 느끼지 않아도 되는 시기인 것 같아요. 제가 음악을 좋아해요. 음악 콘텐츠가 앞으로 어떤 방식으로 돈을 벌 수 있을지 생각해봤어요. 예전에는 음반을 팔았지만 지금은 디지털 음원이나 저작권으로 수익을 창출하잖아요. 그런데 이제 음악 플랫폼은 돈을 벌 수 있는 서비스가 아닌 것 같거든요. 이미 대기업이 독과점을 하고 있으니까요. 그래서 요즘 음원 수익구조를 개선하는 플랫폼에 대해 고민하고 있어요. 학생이니까 이런 도전도 과감히 해볼 수 있는 거죠. 당장 생계를 유지하기 위해 돈을 벌어야 하는 게 아니니까요. 지금은 돈보다는 제가 중요하다고 생각하는 일을 할 시기예요. ”

코로나19가 발생하고 오랜 시간이 지난 지금은 포털에 검색만 해도 필요한 정보를 쉽게 찾아볼 수 있게 되었다. 확진자 수가 열 명이 넘는다는 소식에 벌벌 떨며 집에 머물던 시기는 지나갔고 이제는 코로나19와 함께 살아가야 한다는 이야기가 나오고 있다. 코로나나우는 지자체에서

발송하는 재난 문자를 통해 실시간으로 정보를 업데이트 하는 구조였는데, 정부에서 국민의 피로도를 감안해 재난 문자 발송을 줄이게 되면서 정확한 데이터 예측이 불가능하게 됐다. 코로나19를 대하는 감정이 불안감에서 피로감으로 바뀌면서 자연스레 코로나나우의 이용량도 감소했다. 형빈이 코로나나우를 적극적으로 개선하기보다 최소

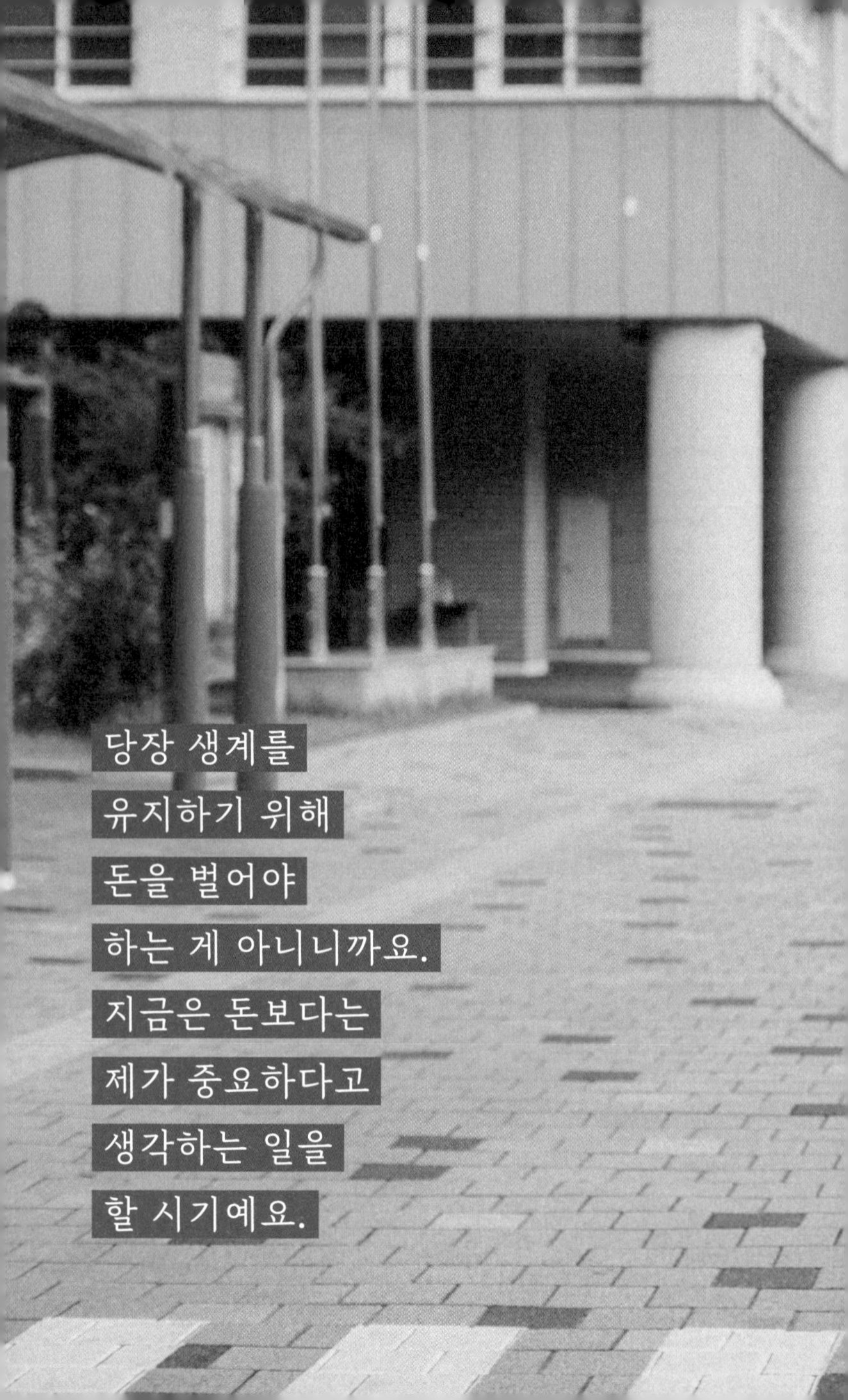
당장 생계를
유지하기 위해
돈을 벌어야
하는 게 아니니까요.
지금은 돈보다는
제가 중요하다고
생각하는 일을
할 시기예요.

한의 운영에 집중하기로 마음먹은 건, 서비스가 지향한 가치에 도달했기 때문일 것이다.

형빈에게 코로나나우는 시작점이다. 앞으로도 형빈은 꾸준히 자신이 중요하다고 생각하는 가치를 정의하고, 이를 실현할 서비스를 만들어 갈 것이다. 자신의 일에 '플랫폼 프로듀서'라는 새로운 이름을 붙인 것처럼 형빈이 만들어낼 가치는 아직 우리 상상 밖에 있을지도 모른다. 지금 여기에서 미래를 그리는 형빈의 이야기는 내 주변에 어떤 자원들이 있는지, 앞으로 어떤 가치를 담은 시간을 살고 싶은지를 생각하게 한다.

나에게로
질문 옮겨오기

★ 일을 통해 만들고 싶은 가치는 무엇인가요?

많은 사람들의 관심, 하고 싶은 것을 하는 데 주저함이 없을 정도의 돈, 소속감을 느낄 수 있는 관계, 누구에게나 안전한 사회 등 다양한 수식어를 붙여서 생각해보세요.

★★ 내 주변에는 어떤 자원이 있을까요?

학교의 제도, 공간, 사람 그리고 학교 밖 청소년 공간에서 제공하는 프로그램 등을 파악해두면 내 관심사를 커다랗게 만드는 데 도움이 될 수 있어요. CBS의 뉴미디어 채널 '씨리얼'에서 만든 〈아무도 안 알려줘서 만든 청소년 네트워크 가이드〉를 참고해봐도 좋습니다.

아무도 안 알려줘서 만든
청소년 네트워크 가이드

ARC
ROAD FC
ISAMI

자부심으로 먼저 걷는 길

종합격투기 선수

신유진

2004년생. 송탄 MMA 소속 종합격투기 선수다. 초등학교 6학년 때 취미로 복싱을 시작했다. 이후 주짓수에도 관심이 생겨서 좋아하는 두 운동을 다 할 수 있는 종합격투기 선수가 되기로 했다. 중학교 3학년이었던 2019년, 최연소 종합격투기 선수로 데뷔했다. 프로가 된 후 진행된 4번의 경기에서 모두 승리했다. 복싱을 하면서 기른 스피드와 파워 그리고 주짓수를 하면서 익힌 유연함과 기술을 바탕으로 거침없는 경기력을 보여주며 큰 관심을 받고 있다. 운동을 하면 할수록, 정말 외로운 일이며 자신을 잘 돌봐야 하는 일이라는 걸 알아가고 있다. 일요일 빼고는 매일 운동을 한다. 평일에는 학교도 가야 하기 때문에 수면 패턴을 유지하는 게 중요하다. 학교 체육대회에도 진심으로 참여한다. 시합하기 전에 '난 할 수 있다, 나는 한다, 나는 해낸다'라는 말을 나만의 주문처럼 되뇐다.

종합격투기(Mixed Martial Arts, MMA)는 복싱, 유도, 주짓수와 같은 여러 개의 무술을 섞어서 상황에 따라 유연하게 대응해야 하는 스포츠다. 일어선 상태에서 손과 발로 타격을 주고받다가도, 손으로 상대를 잡아 끌어 메치고 조르는 등의 그래플링(Grappling) 기술로 이어진다. 링 위에서 만나는 상대가 누구인지에 따라 기술을 전략적으로 조합해 사용하기 때문에, 매 경기마다 다른 장면이 펼쳐지는 것이 종합격투기의 매력이다.

종합격투기를 시작하는 시기는 선수마다 다르다. 다른 운동을 하다가 선수가 되는 경우도 있지만, 운동과 관계없는 직업을 가지고 취미로 격투기를 하다가 선수로 전향하는 경우도 심심치 않게 발견할 수 있다. 다른 운동에 비해 어릴 때부터 재능을 길러 종합격투기 선수가 되는 것을 목표로 하는 경우는 드물다. 격투기에 대한 확신을 가지고 선수가 되기로 결심하는 순간이 필요한 것이다.

유진은 2019년 6월, 국내 종합격투기 프로 단체인 ROAD FC*에 데뷔했다. 만 15세 6개월 19일의 나이로 최

* 우리나라에서 종합격투기 프로 리그를 운영하는 단체. 소속 선수들을 관리하고 주기적으로 경기를 개최한다.

연소 프로 데뷔였다. 초등학교 6학년 때 복싱을 시작하고 3년 만에 이룬 성과다. 어릴 때부터 태권도를 좋아했던 유진은 스스로를 단단하게 만들고 싶어 복싱을 시작했다. 그러다 주짓수를 좋아하게 됐고, 둘 다 할 수 있는 방법으로 종합격투기를 선택했다. 유진은 출전한 대회에서 져본 적이 거의 없다. 복싱과 주짓수 대회를 합쳐 통산 45전 43승 2패를 기록했고, 종합격투기 프로 데뷔 후에는 4전 4승을 거뒀다. 유진의 목표는 세계 챔피언 벨트를 따는 것이다. 쉽지 않지만, 의미 있는 길을 걷는다는 자부심을 느끼며 매일 성장에 집중하고 있다.

마음보다 몸이 먼저 반응할 때

'최연소 여성 종합격투기 파이터'라는 단어에는 무게감이 있다. 태권도, 유도, 레슬링처럼 무술을 사용해 상대방과 겨루는 스포츠는 많지만, 종합격투기는 유독 위험하게 여겨진다. 여기에 최연소와 여성이라는 단어까지 붙으니 유진이 왜 종합격투기를 선택하게 됐는지 더욱 궁금했다.

“ 어릴 때 축구, 벨리댄스, 발레, 태권도, 피아노 같은 여러 활동을 했어요. 집안 사정이 좋은 건 아니었지만, 부모님께서는 제가 다양한 경험을 해보는 게 중요하다

ARC
AfreecaTV ROAD Championship
SONGTAN
ROAD FC
ROAD FC
ISAMI
ISAMI

고 생각하셨던 것 같아요. 그런데 축구랑 태권도 말고는 흥미가 생기지 않더라고요. 저는 좋아하면 일단 몸이 먼저 반응해요. 태권도를 할 시간이 되면 저절로 태권도장으로 향하는데, 흥미가 없는 것에는 몸이 움직이지 않았어요. 가만히 앉아서 뭘 하는 건 제 타입이 아니라는 걸 일찍 알았어요. 밸리댄스나 발레도 움직임이 있는 운동이지만, 활동성이 더 크고 땀을 뻘뻘 흘리는 운동이 저랑 잘 맞는다는 걸 어릴 때 확실히 알게 됐죠. ”

유진은 일상에서도 커다란 움직임이 주는 즐거움을 마음껏 누렸다. 하지만 유진의 즐거움이 누군가에게는 낯설고 틀린 것이라고 받아들여졌다. 강해지고 싶다는 마음은 여기서 움텄다.

“ 초등학교에 들어가서도 자연스럽게 축구나 레슬링 같은 걸 하면서 놀았어요. 그런데 어느 순간 제가 특이한 애가 되어 있는 거예요. 저는 제가 좋아서 공을 찬 건데, 다른 여자아이들과 다르다는 이유로 따돌림을 당했어요. 소심해지고 주눅이 들더라고요. 아침에 눈 뜨기가 싫었고 핑계를 대고 학교에 가지 않았던 적도 있어요. 잘못한 게 없는데, 마음이 약해지니까 자책을 하게 되더라고요. 강해지고 싶다는 생각을 하던 중에 우연히 복싱

전단지를 봤어요. 운동선수들은 내면도 단단하고 멋있어 보이잖아요. 자기 분야에 대한 자신감도 있고 열정과 끈기도 남다르고요. 나도 그렇게 되고 싶다는 마음이 들었어요. 태권도장에서는 레크리에이션 활동을 하는 시간이 길었는데, 저는 진지하게 무술을 배우고 겨루기를 하고 싶었거든요. 처음 복싱장에 들어선 날은 진짜 설레서 얼른 샌드백을 쳐보고 싶었어요. ”

하지만 유진의 생각처럼 샌드백은 금방 칠 수 있는 게 아니었다. 펀치를 날리기 전에 체력을 키우고 올바른 자세를 익히며, 시간을 들여 여러 단계를 거쳐야 했다.

“ 바로 펀치를 날리는 훈련을 할 줄 알았는데, 처음 한 달은 줄넘기를 하고 자세를 고치기만 했어요. 체력을 기르고 자세를 바로잡은 다음에야 글러브를 낄 수 있더라고요. 글러브를 끼고도 쉽지 않았어요. 손에 붕대를 감아야 하는데, 감는 방법이 복잡해서 외우느라 애를 먹었어요. 지금은 익숙해져서 눈 감고도 붕대를 감지만요. 반년 동안은 정확한 동작을 하고 있는지 자세를 체크하기만 했어요. 배울 게 정말 많았죠. 격투기는 단순히 힘이 센 사람이 이기는 싸움이 아니라 시간과 노력을 들여 수련해야 하는 스포츠라는 걸 그때 알게 된 것 같아요. ”

ARC
Championship

유진이 처음부터 격투기 선수를 희망했던 건 아니었다. 수련을 하던 중 실력을 확인하기 위해 참여한 스파링에서의 경험이 결정적인 전환점이었다.

“ 체육관을 다니고 3개월이 지나 첫 복싱 스파링을 했을 때, '거침없다'는 말을 들었어요. 스파링을 처음 하면 무서워서 가만히 있는 경우도 많은데, 저는 처음부터 펀치를 날렸거든요. 타고난 재능이라기보다는 워낙 하고 싶었던 일이라 두려움이 없었던 것 같아요. 그리고 두 달 뒤에 아마추어 협회에서 여는 시합을 나갔어요. 초등부까지는 혼성 경기가 가능해서 남자 선수와 대결했는데, 제가 이겼어요. 첫 승리였어요! 링 위에 섰을 때는 떨렸는데 경기가 시작되니까 너무 재미있더라고요. 긴장감도 사라지고 그냥 시합에 집중했던 것 같아요. 그때 이 운동을 계속해야겠다고 생각했어요. 사람과 사람이 마주해 겨루는 일은 변수가 많고 예측할 수 없어서 순간순간 상황을 헤쳐나가는 게 매력적이에요. 저에게 격투기는 심장을 뛰게 하고, 살아 있음을 느끼게 하는 운동이에요. ”

넓고 깊은 격투기의 세계

체육관에서의 하루하루는 내가 좋아하는 것을 더 깊이 알아가는 시간이었다면, 스파링과 시합은 선수로서의 삶에 한 발짝 다가갈 수 있게 했다. 유진은 결정을 내리기 전에 직접 경험하는 방법을 택한다. 복싱으로 시작해 주짓수를, 그리고 종합격투기를 선택하게 된 과정도 그랬다.

“ 중학교 1학년 즈음에 유튜브에서 <여자가 남자를 이길 수 있는 유일한 무술>이라는 주짓수 영상을 봤어요. 마음이 확 끌려서 집 근처 주짓수 체육관에 다니기 시작했는데, 하다 보니 복싱만큼 좋아진 거예요. 체육관 두 곳을 오가면서 운동을 하려고 하니까 시간이 안 맞더라고요. 복싱에 전념해야 할지, 종합격투기를 배워서 두 운동을 다 해야 할지 고민을 많이 했어요. 그러다 누구든지 원하는 종목으로 스파링에 참여할 수 있는 체육관 이벤트에 참가했어요. 종합격투기로 스파링을 한번 해 봤는데, 너무 재밌는 거예요. 복싱 스파링과는 완전 다른 매력이 있었어요. 이걸 해야겠다는 확신이 생겨서 그때부터 종합격투기 훈련을 시작했어요. 종합격투기는 선수마다 주특기가 다른데, 저는 복싱과 주짓수를 주특기로 하는 선수가 되기로 한 거죠. ”

언뜻 보기에도 복싱과 주짓수는 아주 다른 운동일 것 같다. 각각의 매력은 무엇인지, 유진은 두 개의 무술을 어떻게 활용하고 있는지 더 자세히 듣고 싶었다.

“ 두 운동은 정말 달라요. 복싱은 펀치를 날리는 동작에 힘이 실리기 때문에 기본적으로 내가 가진 힘이 큰 영향을 줘요. 나보다 힘이 센 선수와 스파링을 하면 한계가 있죠. 그런데 주짓수는 기술을 얼마나 숙련되게 익혔는지가 더 중요해요. 힘으로 이기는 게 아니라, 기술로 상대를 제압할 수 있는 스포츠예요. 그리고 몸을 쓰는 감각도 달라요. 주짓수는 주로 바닥에서 기술을 쓰는 운동이라 유연함이 필요하다면, 복싱은 서서 단단하고 정확한 자세를 유지하는 게 중요해요. 진행 시간이 달라서 경기 속도도 차이가 있어요. 보통 복싱은 경기 시간이 3분인데, 주짓수는 경우에 따라 10분까지도 주어져요. 복싱은 순간의 판단으로 승부를 봐야 하지만, 주짓수는 상대의 옷깃을 잡고 멈춰서 생각할 시간도 있는 거죠. 각 운동에 대한 열정과 애정은 같지만, 좋아하는 이유가 달라요. 복싱은 감이 중요하다면, 주짓수는 전술이 필요한 운동이거든요. 그래서 복싱을 할 때는 치고받는 난타전이 재미있고, 주짓수는 상황에 맞는 전략을 세우고 그게 통할 때의 쾌감이 있어요. ”

종합 격투기 선수는 각자의 주특기를 갖고 있다. 또한 유도, 레슬링, 킥복싱, 무에타이 등 다른 무술을 주 종목으로 하는 선수들을 링 위에서 만나게 된다. 복싱과 주짓수를 주특기로 하는 유진은 상황에 따라 두 무술을 조화롭게 활용하는 게 중요하고, 각 무술만 할 때는 느낄 수 없었던 종합격투기만의 묘미가 있다고 했다.

“ 종합격투기를 할 때는 상대 선수에 따라 더 유용한 기술이 있어요. 시합이 잡히면 관장님과 코치님의 도움을 받아 상대를 분석하고 전략을 세워요. 상대가 레슬링이 주특기면 잡히지 않도록 방어하면서 복싱 기술인 타격을 더 앞세우고, 반대로 펀치나 발차기가 주요 기술이라면 타격하기 어렵도록 바닥에 엉켜서 겨루는 방식으로 대응하죠. 경기 상대가 매번 바뀌니까 연습하는 것도 달라져요. ”

아직까지는 종합격투기를 스포츠가 아닌 싸움으로 생각하는 사람도 많다. 유진의 경기 영상에서도 여고생이 무섭다거나 일반인 남성과 싸움을 한다면 누가 이길지 예측하는 댓글을 발견할 수 있다. 다른 스포츠와 달리 종합격투기는 유독 이런 가벼운 반응을 자주 마주한다. 유진은 그런 시선에 대해서도 할 말이 있다.

" 어떤 사람들은 종합격투기 경기를 보면서 무식하다고 말하기도 하잖아요. 그런데 종합격투기는 싸움이 아니라 스포츠거든요. 격투기를 잘하려면 상대에 대한 연구도 많이 해야 하고, 다양한 무술 기술에 대한 이해를 바탕으로 전략을 세워야 해요. 부상을 입었을 때 회복하는 법을 아는 것도 중요해서 몸에 대한 공부도 필요하고요. 저는 운동을 시작하고, 이 운동을 하지 않았다면 몰랐을 것들을 많이 알게 됐어요. 특히 나 자신을 돌보는 법에 대해 제일 많이 알게 된 것 같아요. 자신을 잘 돌볼 수 있어야 오래 할 수 있는 일이거든요. "

프로 선수가 된 후에

아마추어에서 프로로 넘어가는 기준은 명확하다. ROAD FC 프로 선수가 되기 위해서는 '센트럴리그'라는 아마추어 리그에서 경험을 쌓아야 한다. 유진은 센트럴리그에서 5전 5승을 기록하고 프로로 데뷔했다. 아마추어 선수에서 프로 선수가 되면서 어떤 변화가 있었을까?

" 저는 소속 회사에서 연락이 좀 빨리 온 편이에요. 일찍 프로로 데뷔한 게 마냥 좋기만 한 건 아니에요. 아마추어 리그에서 경험을 많이 쌓고 프로 리그에 올라가면 전적을 더 잘 쌓을 수 있잖아요. 프로 경기가 자주 열리는 게 아니고, 많이 나가면 1년에 네 번 정도거든요. 3년마다 계약을 갱신하는데, 그동안 실력을 증명해야 하는 구조라 부담감도 있죠. 규칙과 규정에 따라서 훈련 방향을 바꾸기도 해요. 코로나19로 무관중 경기가 되면서, 기존 규칙이었던 5분 2라운드에서 3분 3라운드로 바뀌었어요. 경기는 시간이 1분만 바뀌어도 많은 점이 달라져요. 예를 들어, 5분 경기일 때는 바닥에서 얽혀서 겨루는 데 제한 시간이 없지만 3분 경기일 때는 30초가 지나면 선수들을 일으켜 세운 뒤에 경기를 이어가요. 그러면 서서 공격하기 유리한 모드로 바뀌어야 하는 거죠. 소속된 리그의 규칙을 잘 이해하고 바뀔 때마다 유연하게 대처하는 것도 프로 선수가 갖춰야 될 부분이라는 걸 알게 됐어요. ”

예전에는 즐겁게 관람했던 다른 선수들의 경기도 지금의 유진에게는 다르게 와닿는다. 선수들의 경기 영상은 머리로 하는 이미지 트레이닝과 마음을 단련하는 훈련의 자료가 됐다.

“ 옛날에는 다른 선수들의 경기를 볼 때 멋있다는 생각을 많이 했는데, 프로 선수가 된 후에는 분석을 하게

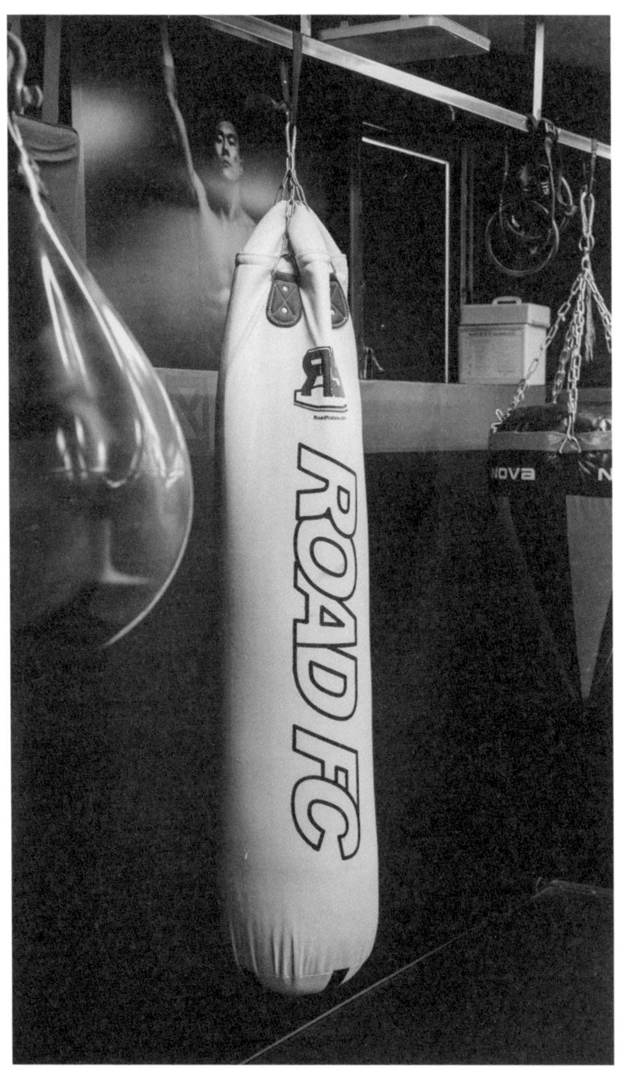
ROAD FC
NOVA

돼요. 최근에는 격투 기술에도 트렌드가 있다는 걸 알게 됐어요. 정강이, 종아리를 타격하는 발차기인 '카프킥'이라는 기술이 있어요. 2021년 1월에 포이리에라는 유명한 선수가 카프킥을 사용해 극적인 승리를 거뒀거든요. 그 후로 유행처럼 다른 경기에서도 자주 등장하더라고요. 다른 선수들의 경기를 보는 마음가짐도 조금 달라졌어요. 이전에는 화려함에 집중했다면, 프로가 된 후에는 감정 이입을 하면서 봐요. 펀치를 맞고 선수가 휘청거릴 때 펀치를 날린 선수와 맞은 선수의 심정을 동시에 생각해보게 됐죠. 큰 펀치를 맞고도 역전하는 경우에는 저런 상황에서 어떻게 이겨낼 수 있었을까, 어떤 마음이었을까를 생각해보려고 노력해요. 경기에서는 감정을 잘 다스리는 것도 정말 중요해요. 저는 경기를 하면 어떻게 싸웠는지 기억이 안 나요. 내려와서 영상을 보고서야 내가 어떻게 했는지 알게 되죠. 아직은 머리보다 몸이 먼저 반응하는 것 같아요. 경험이 쌓이면 침착하게 경우의 수를 생각하면서 경기를 운영하게 되겠죠. ”

거침없음과 외로움의 상관관계

유진은 프로 데뷔 후 두 번째 경기에서 완전한 기량을 발휘했다. 해당 경기를 해설한 캐스터는 '맞아도 아랑곳 않고 자기가 하고 싶은 걸 하는 무서운 선수'라고 유진을 평했다. 이런 거침없는 경기력은 어디서 나오는 걸까?

“ 데뷔 경기에서 판정승을 받았는데, 스스로 개운하지가 않았거든요. 그래서 두 번째 경기는 준비를 정말 많이 했고, 공격을 받아내도 데미지가 없을 거란 자신감이 있었어요. 그래서 더 거침없이 경기에 임했던 것 같아요. 자신감의 90퍼센트는 훈련량에서 나오고, 나머지 10퍼센트는 자신을 얼마나 믿느냐에 따라 달라진다고 생각해요. 그 경기에서 이기고 나서 프로로서 첫 발을 뗀 느낌이라 성취감이 정말 컸어요. 그때 영상을 보면, 승리하고 나서 완전 신이 난 모습이거든요. 너무 자만하는 것 같아서 민망할 정도로요. 도대체 왜 그랬는지 모르겠어요. 그만큼 좋았던 것 같아요. 그런데 사실 그 경기를 준비할 때가 선수 생활 중에 가장 힘든 시간이었어요. 시합 제안이 갑자기 와서 짧은 시간 동안 체중 감량과 훈련을 동시에 해야 했거든요. 일상이 완전 뒤바뀌었죠. 몸도 마음도 힘드니까 정신력도 흔들렸어요. 선수가 되기 전에는 운동이 이렇게 외로운 일인지 몰랐어요. 준비하는 과정부터 경기장에 서는 것까지 다 혼자 해내야 되는 일인 거예요. 세계적인 선수들이 우승하고 챔피언 벨트를 받으면서 부와 명예를 얻는 화려한 모습을 보며

꿈을 키웠는데, 그 뒤에는 제가 몰랐던 힘듦이 있었던 거죠. 그 사실이 선수가 되고 나니까 피부에 와닿더라고요. ”

운동은 자신에게 엄격해야 하는 일이다. 주어진 업무를 해내는 것이 아니라, 매일 새로운 기준을 만들고 달성하는 것이 선수들이 일하는 방식이다. 시합은 일 년에 몇 번이지만, 자신과의 싸움은 매일 계속된다. 외로움은 떼려야 뗄 수 없는 감정이다.

“ 다른 사람의 시선보다도 제 기준에 못 미칠 때 가장 괴로워요. 시합이 잡히고 훈련을 할 때 스스로에게 만족을 못 하면 자신감이 떨어지고 스트레스를 받거든요. 데뷔 전에는 훈련이 배우고 성장하는 시간이었는데, 선수가 된 후에는 항상 준비돼 있어야 한다는 생각 때문에 훈련이 제 상태를 체크하는 시간이 된 거예요. 스파링할 때 겁을 먹거나 힘들어서 펀치를 한 번에 못 내고 주저하면, 경기에서 이기고 주변에서 잘했다고 말해줘도 저는 만족스럽지 않아요. 자신에게 집중해야 되는 일이에요. 누구를 탓할 수도 없고, 직접 움직이지 않으면 변화가 없어요. 결국에는 혼자 해내야 해요. ”

기본적으로 체력을 기르고 기술을 익히며 몸을 단련해야 하는 일이지만, 외로움과 부담감 같은 감정을 잘 다루는 것 또한 운동선수에게는 중요하다. 유진 역시 감정을 다루는 자신만의 방식을 찾아가고 있다고 했다.

“ 힘들 때 끙끙 앓는 스타일은 아니에요. 그러면 운동을 하기 싫어질 것 같아서 되도록 빨리빨리 스트레스를 풀려고 해요. '이것도 지나가겠지' 생각하면서 <MMA 무브먼트> 같은 유튜브 채널을 보면서 자극을 받거나, 이전에 승리했던 경기 영상을 보면서 그때의 심정을 떠올리며 동기 부여를 받기도 해요. 최근에는 같은 체육관 소속의 홍윤하 코치님에게 많이 의지하고 있어요. 선수의 삶이 어떤 건지 가장 먼저 깨닫게 해 주신 분이에요. 제가 프로 선수가 되기 전부터 선수 생활을 하고 계셔서, 비슷한 길을 뒤따라 걸으면서 나도 저런 경험들을 하게 되겠다고 짐작했죠. 모르는 걸 여쭤보면 그때마다 항상 자세하게 이야기해주세요. 기술적인 부분은 관장님한테도 많이 여쭤보지만, 심적으로 힘들 때는 같은 여성 선수인 코치님께 더 이야기하게 되는 것 같아요. ”

하고 싶은 일을 찾을 수 있도록

몸과 마음을 모두 단단하게 만들어야 하는 종합격투기는 뜨거운 열정만으로 가능한 운동이 아니다. 훈련에 얼마나 시간을 쏟는지가 매우 중요하다. 운동에 더 많은 시간을 쓰고 싶을 수도 있지만, 유진은 학생으로서의 삶도 유지하고 있다. 어떤 일상을 보내고 있는지, 학교는 유진에게 어떤 의미인지 물었다.

“ 학교가 끝나면 바로 체육관으로 향해요. 오후 5시부터 8시까지는 러닝이나 웨이트를 해요. 8시부터는 관장님, 코치님과 그날 해야 하는 훈련을 하고요. 선수반은 따로 없고, 체육관 다니는 다른 분들과 섞여서 운동을 해요. 월·화·목·금은 주짓수, 수요일에는 종합격투기 훈련을 해요. 토요일에는 안산에 있는 체육관에서 선수 훈련 프로그램에 참여하고 있고요. 학교 생활에 있어 크게 바뀐 건 없지만, 프로 선수가 되면서 시합이 잡히고 낮에 훈련을 해야 할 때면 현장체험학습을 신청할 수 있어요. 솔직히 저는 학교가 싫었어요. 감옥처럼 느껴지기도 하고 운동을 시작하고 나서부터는 시간을 낭비하는 것 같아 자퇴를 생각했었는데, 부모님께서 반대하셨어요. 학교는 공부만 하는 곳이 아니라 삶의 여러 가지를 경험하는 곳이라면서요. 지금은 괜찮아요. 제가 운동을 하면서 새로운 걸 알게 된 것처럼 학교에서는 운동만 하면서는 알 수 없는 것들을 배우는 거라고 생각해요. ”

유진은 운동을 하며 특성화고등학교에 진학했다. 조금 더 유연하게 훈련 일정을 조정할 수 있을 것 같았기 때문이다. 선수 생활을 하면서 시험을 준비하거나 학교 공부를 따로 하지는 않고 있다. 유진은 학교를 다니는 친구들과 이야기를 나누며 생각하게 된 것이 있다고 했다.

BON

“ 친구들 얘기를 들어보면, 하고 싶은 건 딱히 없는데 ‘공부라도 하면 어떻게든 되겠지’ 하는 마음에 공부를 한다는 친구들이 많더라고요. 그런 이야기를 들으면 아쉬워요. 저는 다른 것을 배운다고 생각하고 학교를 다니지만, 대부분의 친구들에게는 공부가 제가 운동하는 것과 비슷하잖아요. 학교에서 공부를 시키기 전에 공부할 이유를 찾을 수 있도록 도움을 줬으면 좋겠어요. 지금 하고 싶은 게 없다고 고민하는 친구들이 진짜 많은데, 그건 그 친구들 잘못이 아니라고 생각해요. 여유를 가지고 다양한 경험을 해볼 수 있도록 도와주면 좋겠어요. 저는 이미 진로를 정해서 목표를 달성하기 위해 에너지를 쏟느라 여유가 없지만, 진로를 정하지 않았다는 건 오히려 여러 문이 열려있다는 뜻이잖아요. 마음을 편히 먹고 내가 좋아하는 것을 찾아 자신의 인생을 사는 친구들이 더 많아지면 좋겠어요. ”

아무나 가지 않는 길이라는 자부심

유진은 운동이 너무 재밌어서 선수가 됐다. 주변의 비뚤어진 편견이나 무관심은 유진에게 방해가 되지 않았다. 처음부터 선수라는 목표를 향해 달려왔다기보다는 물 흐르듯 지금의 자리에 섰고 천천히 종합격투기 프로 선수라는 자리의 의미를 알아가는 중이다. 이런 상황에서 한 발 앞서 같은 길을 걷고 있는 코치님의 존재는 큰 힘이다.

“ 프로 계약서를 썼을 때, 홍윤하 코치님이 선물과 편지를 주시면서 이렇게 말해주셨어요. 아무나 가지 않는 길에 자부심을 느끼면서 열심히 성장하라고요. 저는 한 번도 제 일이 자부심을 가질 일이라고 생각해본 적이 없었거든요. '종합격투기를 모르는 사람들이 날 알아줄까?' 하고 생각했죠. 그런데 그 말이 자신감을 줬어요. 아무나 쉽게 선택할 수 없는 길이잖아요. 특히 여성에게는 더 쉽지 않은 길이어서 의미가 크다고 생각해요. ”

유진이 코치님으로부터 힘을 얻듯이, 훗날 유진이 걸어간 길이 그 자체로 누군가에게 응원이 될 수 있을 것이다. 유진은 선수로서 어떤 발자취를 남기고 싶은지 궁금했다.

“ 종합격투기에서 최고 경기로 꼽히는 UFC* 대회에서 이름을 날린 한국 여자 선수가 아직 한 명도 없어요. 30살 전에 UFC 최초 한국 여성 챔피언이 되는 게 제 목

* Ultimate Fighting Championship. 미국의 종합격투기 대회로, 세계적인 인기를 갖고 있다.

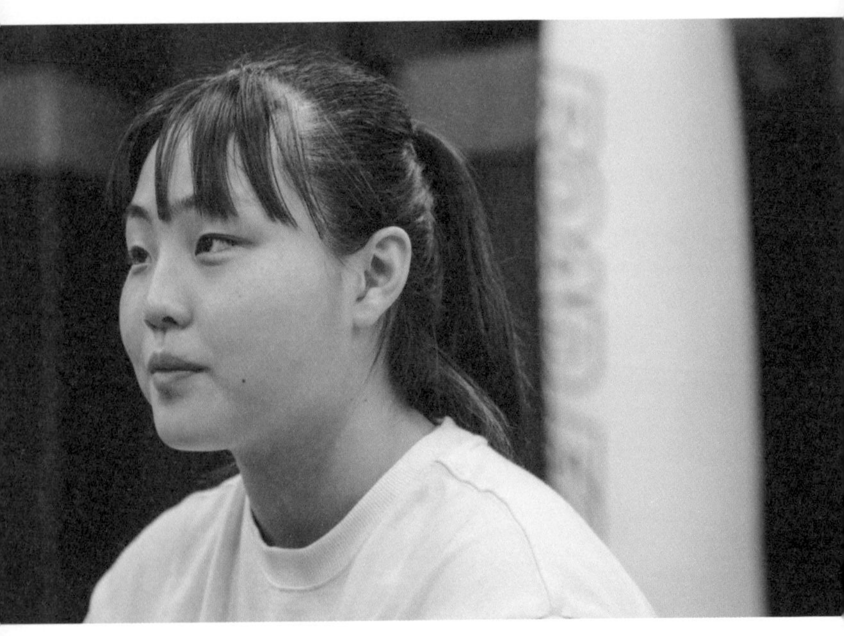

표예요. 뒤에 올 여성 선수들에게 할 수 있다는 것을 보여주는 영향력 있는 존재가 되고 싶어요. 불가능이라는 단어에 저를 가두고 싶지 않아졌어요. 외롭고 힘든 순간도 있지만 운동을 그만두고 싶다는 생각은 해본 적 없어요. 생각만 해도 지옥이에요. 힘든 일이 많아도 저는 제 미래가 너무 기대되고 설레요. 아직까지는 잠재력이 큰 선수지만, 결국 꿈을 이뤄서 영향력을 발휘할 수 있다는 믿음이 있어요. ”

유진은 종합격투기 선수라는 문을 힘차게 열었다. 하지만 언젠가는 그 문을 닫고 또 다른 문을 열고 나아가야 한다. 평생 현역 운동선수로 살아가기는 어렵기 때문이다. 선수 이후의 삶은 어떻게 그리고 있는지 물었다.

“ 딱 서른 살까지 선수로서 삶을 살고, 그 후에는 완전한 자유를 누리고 싶어요. 지금과 그때 누릴 수 있는 자유의 수준이 완전 다를 것 같거든요. 계획대로 다 이루고 난 뒤에는 경제적인 상황도 지금보다 훨씬 나을 것 같고요. 선수들은 은퇴하고 지도자의 삶을 사는 경우가 많지만, 저는 체육관 차리고 싶다는 생각도 안 해요. 출근은 자유를 빼앗잖아요. 은퇴하면 세계 여행을 다니며 다양한 경험을 해보고 싶거든요. 그랜드 캐니언, 우유니 사막, 그리스… 가고 싶은 곳이 정말 많아요. 목표를 이루기 전까지는 가지 않을 거란 생각이 확고해서, 세계 정상에 오르는 게 간절해요. 최근 어떤 책에서 이런 문장을 읽었어요. ‘조금의 억울함도 없이 다시 살아도 좋을 삶을 살자.’ 그렇게 살고 싶어요. ”

‘세계 정상에 오르겠다’는 말에서 유진이 자신의 일에 갖는 남다른 자부심이 보였다. 열정과 노력에 자신 있는 사람만이 할 수 있는 말이기에, 이미 선명하게 존재하는

뒤에 올 여성 선수들에게
할 수 있다는 것을 보여주는
영향력 있는 존재가 되고 싶어요.
불가능이라는 단어에
저를 가두고 싶지 않아졌어요.

미래로 느껴지기도 한다. 그 미래는 하루하루를 충실하게 보내야 비로소 만날 수 있다. 유진은 매일 더 숙련된 나를 만나기 위해 한 발자국씩 내딛고 있다.

유진은 종합격투기 선수로서의 목표만큼 개인의 삶에서 도달하고 싶은 지점도 명확하다. 지금 누릴 수 있는 자유가 주는 즐거움을 잠시 보류한다는 이야기에서 삶을 길게 보는 태도와 자기 확신을 읽을 수 있었다. 어느 순간에 어떤 방식으로 자유를 누릴지 결정한 것 역시 자신을 믿기 때문에 가능한 일일 것이다.

격투기에 대한 깊은 애정과 자신의 존재가 누군가에게 힘이 될 수 있다는 자부심을 지닌 유진은 외로움과 부담감을 이길 수 있을 만큼 강해졌다. 사랑하는 일을 하는 건 그 자체로 여러 어려움을 극복하게 하고, 우리를 더 강하게 만든다. 또한 사랑하는 일은 스스로를 더욱 사랑하게 만들기도 한다.

나에게로 질문 옮겨오기

★ 몸이 먼저 반응했던 순간이 있나요?

유진은 피아노 학원을 갈 때는 몸이 천근만근이었지만, 태권도 학원을 갈 때는 몸이 먼저 움직였다고 합니다. 생각이나 마음보다 몸이 먼저 움직였던 경험을 생각해보세요.

★★ 어느 순간에 어떤 삶을 누리고 싶나요?

현재에 집중하다 보면, 우리의 삶은 생각보다 길다는 것을 종종 잊곤 합니다. 어떤 노년, 중년, 청년이 되고 싶은지 거꾸로 한번 생각해볼까요?

후회 없이 나를 던질 용기

목조주택 빌더

이아진

2002년생. 열여덟 살이었던 2019년부터 건축 현장을 학교 삼아 보고 배우며 경량목조주택 빌더로 일하고 있다. 기반을 다지고, 나무로 벽체를 세우고, 집이 완성되는 모습을 지켜보며 건축은 지구에서 사람이 할 수 있는 가장 큰 예술이라고 생각하고 있다. 지금까지 총 13개의 집을 지었다. 배우는 과정을 꾸준히 기록하고 사람들과 소통하기 위해 '전진소녀'라는 이름으로 유튜브와 아프리카TV 채널을 운영하고 있다. 빌더가 얼마나 의미 있는 직업인지 알리고 싶어 기회가 닿는 대로 방송에도 출연한다. 빌더 일을 하면서 밥심이 무엇인지 알게 됐다. 처음에는 점심으로 돈가스를 골랐지만 이제는 무조건 국밥을 먹는다. 현장에 나가 5킬로그램이 넘는 툴 벨트를 차면, 왠지 자랑스러운 기분이 든다.

주변을 둘러보면 다양한 생김새의 집이 있다. 도시에서는 철근 콘크리트로 지어진 아파트를 쉽게 찾아볼 수 있고, 벽돌을 쌓아 올려 만든 집이나 나무로 지은 집이 모여 있는 곳도 있다. 빌더(Builder)는 콘크리트, 벽돌, 나무 등 무엇이든 재료로 삼아 집을 짓는 사람을 말한다. 우리가 일상적으로 마주하는 집이라는 풍경은 빌더의 손에서 탄생한다. 아진은 그중에서도 나무를 재료로 집을 짓는 목조주택 빌더다.

어떤 집을 만들지 설계하고 도면을 그리는 것까지가 건축가의 일이라면, 빌더는 집이 만들어지는 전체 과정에 손수 참여한다. 나무로 집의 구조를 만드는 목조주택은 특성상 조금의 오차도 생기면 안 되는 정교한 작업이고, 현장에서 발생하는 문제 상황에 대처해야 할 일이 많기 때문에 시간을 들여 배워야 하는 일이다.

아진은 4년차 경량목조주택 빌더다. 경량목조주택은 한옥과는 다르게 정해진 공법에 따라 나무를 가로와 세로로 배치하고 합판으로 덮어 상자 형태의 구조를 만든 집이다. 아진은 호주에서 고등학교를 다니다 대학 입시 준비의 의미를 느끼지 못해 자퇴하고 한국으로 돌아왔다. 아빠가 경량목조주택 빌더 일을 시작한 지 한 달이 됐을 때 현장에 함께 갔다가 매일 함께 출근하는 삶을 살게 됐다. 처음 1년 6개월은 배우는 시간으로 삼았고 그 이후부터 제 몫을 해내는 팀원으로 인정받고 있다.

아진은 현장에 나간 첫날부터 지금까지 유튜브와 아프리카TV를 통해 자신이 일하는 모습을 기록하고 있다. 현장에서 배울 수 있는 것들을 있는 그대로 보여주며 빌더라는 직업을 알리고, 평범한 청소년이 도전하며 성장하는 모습을 꾸준히 쌓아올리는 중이다.

더 많은 사람들에게 빌더가 어떤 일을 하는지 알리고 싶다. 2020년 11월에는 KBS 〈인간극장〉에, 2021년에는 Mnet 〈너의 목소리가 보여〉와 MBC 〈아무튼 출근〉에 출연했다. 2021년에는 YTN사이언스 〈고쳐듀오〉에 고정 출연하면서 도움이 필요한 집을 고치는 작업을 함께 하고 있다. 2021년 청년의 날 국가 기념식에서 청년 대표로 인터뷰를 하기도 했다.

포크레인에 반해서

집을 만드는 데는 여러 사람들이 관련돼 있다. 어떤 집을 지을지 설계하는 사람, 그 집을 짓기 위해서는 어떤 재료가 얼마만큼 필요할지 파악하는 사람, 실제로 현장에서

그 집을 만드는 사람. 아진은 그중에서도 현장에서 집을 만드는 사람의 역할을 맡고 있다. 하지만 집을 만드는 현장을 생각해보면, 여성 청소년의 얼굴을 떠올리기 쉽지 않다. 아진에게도 빌더는 처음부터 떠올린 직업은 아니었다.

“ 호주에서 고등학교를 다녔는데, 그곳도 한국이랑 많이 다르지 않았어요. 대학에 반드시 가야 한다는 인식은 덜했지만 기술을 배우려는 친구들 외에는 당연히 입시를 준비하는 분위기였어요. 저는 대학에 갈지 안 갈지도 못 정했는데, 학교 시스템이나 선생님들의 생각이 당연하게 입시에 맞춰져 있다 보니까 자연스럽게 포트폴리오를 준비하고 입시 고민을 하고 있더라고요. 어릴 때부터 건축에 관심이 있었어서 건축학을 전공하면 될 거라고 막연히 생각했어요. 정말 중요한 시기인데, 지금 생각하면 부끄러울 정도로 깊게 생각해보지 않았어요. 그렇게 휩쓸리듯 입시를 준비하다가 ‘이게 맞는 건가?’라는 생각이 들었어요. 하고 싶은 일을 하면서 살고 싶었고, 돈이 제 삶의 목표가 아니라는 것도 알고 있었거든요. 이런 고민이 시작되니까 삶의 의미를 못 찾을 정도로 힘들더라고요. 이루고자 하는 목표도 없이 그냥 사람들이 가라는 길로 가자니 미칠 것 같았어요. 엄마한테 고민을 털어놓고 둘이 엄청 울었어요. 그때 엄마가 사회를 살면서 알아야 될 것은 이미 다 배웠으니까 학교는 그만둬도 괜찮다고, 가족이 있는 한국에 와서 학교 밖에서 하고 싶은 일을 같이 찾아보자고 제안하셨어요. ”

아진에게는 '이유'가 중요했다. 학교에 다닐 이유, 수업을 들을 이유, 포트폴리오를 만들 이유, 대학에 갈 이유를 아무리 생각해봐도 뾰족한 답이 떠오르지 않았다. 의미 없는 배움보다는 학교 밖에서 목표를 찾아보는 게 나을 거라고 생각했지만, 결정을 내리는 일이 쉽지는 않았다.

“ 자퇴를 하기까지 1년은 고민했던 것 같아요. 돈 들여서 호주까지 왔고 적응하느라 힘들었는데, 여기서 보낸 시간보다 고등학교 졸업까지 남은 시간이 더 짧은데 졸업장 하나 못 따고 간다는 게 억울하잖아요. 부모님께 면목도 없고요. 다른 친구들은 미래 계획을 세우고 차근차근 해나가는 걸 보면서 멈칫했어요. 지는 기분도 들고, 실패자가 되는 것 같기도 하고요. 지금이야 그 땐 그랬다고 말할 수 있지만, 당시에는 손을 떨면서 자퇴서를 냈어요. 그만두지 않을 이유도 많았지만, 목적 없이 배움을 이어가는 건 꿈을 찾는 데 전혀 도움이 되지 않을 거라고 생각했어요. 그래서 죽이 되든 밥이 되든 사회에

DEWALT
DEWALT

DEWALT

서 목표를 찾아보겠다고 결정한 거예요. ”

한국으로 돌아왔지만, 처음에는 학교 밖 세상에서 무언가를 찾을 수 있을 것이라는 막연함과 기대감뿐이었다. 빌더라는 낯선 직업을 자신의 일로 쉽게 떠올리기 어려웠을 텐데, 어떤 계기가 있었는지 궁금했다.

“ 한국에 돌아와서 지내던 중에 엄마가 시간적 여유가 있고 건축에 관심이 있으니까 아빠가 일하는 목조주택 현장에 한번 따라가 보라고 제안하셨어요. 처음에는 당황했죠. 대학교에서 건축학 수업을 듣고 실습도 한 다음 건축 사무소에 입사해야 건축가가 될 수 있다고 생각했으니까요. 회사원이셨던 아빠가 빌더라는 새로운 직업을 선택하시고 한 달 정도 됐을 때였어요. 나중에 가족이 함께 살 집을 짓는 게 아빠의 꿈이거든요. ‘딱 하루 견학하는 건데 나쁠 것 없지’ 하는 마음으로 껄렁껄렁 아무 준비도 안 하고 몸만 갔어요. 그리고 정신을 차려보니까 팀장님한테 내일도 뵙겠다고 말하고 있더라고요. 공구 이름도 시공 순서도 몰랐지만, 감동을 받았던 것 같아요. 그날은 집터를 만드는 공사를 하고 있었어요. 포크레인으로 땅을 파고 무거운 돌도 척척 끄집어내서 공간을 만들면 바로 레미콘 차가 들어와서 콘크리트를 부었어요. 그 풍경이 제 눈에는 슈퍼 히어로가 나타나서 도와주는 것 같았어요. 이 다음이 궁금했죠. '내일은 얼마나 재미있는 걸 할까?' 하는 기대감이 있었어요. ”

좋아하는 마음과 잘하고 싶은 마음

자신의 솔직한 마음을 따라 목표 없는 학교 생활을 그만뒀듯이, 이번에도 아진은 설레는 마음을 따라 집을 짓는 일에 이끌렸다. 마음을 따라 결정을 내리고 나니 그 뒤에 숨어있던 선택의 이유들이 드러났다.

“ 어릴 때부터 하고 싶은 게 진짜 많았어요. 모델, 디자이너, 일러스트레이터, 사진작가… 어떤 틀에 갇히지 않고 다양한 방식으로 나를 표현하는 데에 관심이 있었던 것 같아요. 예술가로 살고 싶었죠. 그러다 엄마와 부동산에 갔다가 아파트 배치를 보여주는 평면도를 처음 봤을 때, 건축이라는 영역을 처음 알게 됐어요. 제가 좋아하는 게 다 합쳐진 일이더라고요. 건축을 하면 설계나 인테리어 디자인도 할 수 있고, 손으로 직접 무언가를 만드는 일도 할 수 있겠구나 싶었어요. 표현하고 싶은 것을 건물에 담는다는 점이 매력적이었어요. 그리고 건축은 사람이 사는 데 꼭 필요하잖아요. 건축가가 되면

다른 사람에게 도움이 되는 삶을 살 수 있을 것 같아서 막연히 건축가가 되어야겠다고 늘 생각했어요. ”

어릴 적 아진은 하고 싶은 게 계속 바뀌었다. 수많은 꿈들을 묶어주는 단어는 '예술'이었다. 새롭게 알게 된 건축가의 일은 아진에게 미래를 상상하게 하는 예술이었다. 좋아하면서도 잘할 수 있는 일을 하고 싶었기 때문이다.

“ 좋아하는 마음은 유통기한이 있는 느낌이에요. 제가 일찍 질리는 성격이거든요. 좋아하는 일을 하면 금방 질려서 그만두게 될 것 같은데, 좋아하고 잘하는 일이면 다를 것 같았어요. 할수록 더 잘하게 되면, 계속 새로운 마음으로 일할 수 있지 않을까 싶었죠. 가슴 떨리는 일을 계속하기 위해서는 그 일을 잘할 필요가 있다고 생각했어요. ”

배움에 적극적인 사람 되기

계속할 수 있는 일을 찾는 방법 중 하나는 내가 좋아하는 것과 잘하는 것 사이에서 적절한 무게중심을 잡아보는 것이다. 균형을 찾는 위치는 각자 다르겠지만, 재미와 성취감은 일을 계속하기 위해서 중요한 요소다. 대학에서 건축을 전공하는 것만이 건축가가 되는 방법은 아니라는 걸 알게 된 아진은 현장을 학교로 삼기로 했다.

“ 아빠를 따라 계속 현장에 나갔어요. 방해하지 않을 테니까 현장에 나올 수 있게 해달라고 대표님에게 허락을 구했죠. 같이 일하는 분들은 팀원 딸이 건축에 관심이 있다고만 알고 계셨어요. 저를 딱히 불편해하시지도 않았고, 먼저 뭔가를 알려주시거나 질문하시지도 않으셨어요. 분주히 돌아가는 현장에 혼자 덩그러니 서 있을 때, 너무 부끄러웠어요. 그래서 눈치껏 움직이면서 기회를 봤어요. 망치나 물을 갖다드리는 것부터 시작해서 계속 일을 알려달라고 하고, 도와드릴 것 없냐는 말을 입에 달고 살았어요. 그러다 보니 먼저 묻지 않아도 저를 부르는 분도 생기더라고요. 어떤 공구를 가져와달라고 하면, 뭔지 몰라도 일단은 알겠다고 하고 검색해서 찾아 갖다드리고 그랬어요. 그게 아니라고 하시면 “아, 옆에 있는 걸 잘못 가져왔네!” 하면서 뻔뻔하게 버텼죠. 공구랑 재료 이름을 외우는 데만 거의 1년이 걸렸어요. 종류가 다양하기도 하고, 현장과 사람마다 부르는 이름이 다르거든요. ‘해머드릴’, ‘뿌레카’, ‘브레이크’가 다 같은 공구예요. 지금도 계속 새로 나온 공구를 알아봐요. ”

현장을 학교로 삼는 건 어려운 일이었다. 학교의 선생님과는 다르게 현장의 어른들에게는 아진에게 가르침을 줄 의무가 없었기에, 무언가를 배우기 위해서는 적극적으로 물어보고 움직여야 했다.

“처음에는 질문을 해도 돌아오는 답변에 선이 있었어요. 이러다 말 거니까 자세하게 설명할 필요가 없다고 생각하셨던 거죠. 제가 오기가 생겨서 책이나 유튜브를 찾아보면서 아는 게 늘어나니까 그때부터 저를 다르게 보셨던 것 같아요. 나중에 들은 이야긴데, 대표님은 처음에는 장난인 줄 알았대요. 그런데 계속 나와서 질문하는 걸 보면서 진심이라는 걸 알게 됐다고 하시더라고요. 묻기도 전에 “이거 물어보려고 했지?” 하고 알려주실 때 참 감사했어요. 정식 팀원도 아니었고, 일하면서 누군가를 가르치는 게 당연한 건 아니잖아요. 원래 저는 배움에 수동적인 사람이었어요. 학교에서는 하라는 대로 하면 좋은 점수를 받고, 가르쳐달라고 하지 않아도 잘 알려주니까요. 그런데 현장에서는 가만히 있으면 하염없이 서 있다가 집에 가게 되더라고요. 적극적으로 나서지 않으면 아무것도 얻을 수 없다는 사실을 뼈저리게 느꼈어요. 그래서 “알려주세요, 제가 해볼게요”라는 말을 계속 하면서 적극적으로 참여하려고 애썼어요. 나 없으면 현장이 안 돌아갈 만큼 중요한 사람이 되고 싶었어요. ”

도구의 이름을 아는 것은 현장 밖에서도 가능하지만, 도구를 사용할 때 어느 정도 힘이 필요한지는 직접 해봐야 알 수 있다. 배움을 얻는 방식이 달라진 것처럼 현장에서 배울 수 있는 것도 달랐다. 현장에서 아진은 어떤 것들을 배웠을까?

“ 처음에는 집 하나를 온전히 내 힘으로 짓기 위해서 모든 것을 배워야 할 것 같다는 압박이 컸어요. 그래서 정말 모든 것을 배우려고 했어요. 효율적으로 나무를 자르는 법, 청소하는 법까지요. 시간이 좀 흐른 뒤에 터득한 저만의 배우는 방식은, 실수나 문제가 발생하는 곳을 쫓아다니는 거예요. 현장에서는 돌발 상황과 변수가 많거든요. 노련한 선배들은 같은 상황에서도 대처하는 방식이 다 달라서, 그걸 보고 배우면 여러 데이터가 쌓이게 되더라고요. 문제 해결 방식을 배우면 문제가 생기지 않게 하는 방법도 익히게 되고요. ”

지지고 볶아도 으쌰으쌰 하는 팀

학교 밖에서는 배움과 가르침을 주고받는 관계가 당연하지 않다. 일하는 곳에서 배울 생각을 하면 안 된다는 것이 아니다. 누구나 새로운 일을 시작하면 모르는 게 많은 것이 당연하고, 가르침을 줄 존재가 필요하다. 다만 학교에서처럼 정해진 과정을 따라가는 게 아니라, 능동적으로 어떤 배움을 어떻게 얻어낼 것인지 방법을 찾아야 한다. 능동적으로 배우기 시작하면, 자신의 성장도 더욱 예민하게 알아차리게 된다. 어떤 부분이 부족한지, 무엇을 더 배워야 원하는 방향으로 나아갈 수 있는지 알게 된다.

“ 이론 공부는 별로 안 했었어요. 당장 현장에서는 이론을 외우는 것보다 시공 순서와 필요한 공구를 어떻게 써야 하는지를 익히는 게 더 중요했거든요. 그런데 1년 반 정도 실무를 배우고 나니까 뭔가 부족한 느낌이 들었어요. 아직 현장에서 배울 게 많지만, 내가 되고 싶은 건축가가 되기 위해서는 다른 준비도 해야 할 것 같다는 생각이 계속 따라붙었어요. 그때부터 전문 서적을 읽거나 해외 유튜버의 영상을 보고, 미국에서 열린 국제 건축 박람회도 가면서 공부를 시작했어요. 비슷한 시기에 지금의 팀장님도 만났어요. 빌더는 한 팀으로 쭉 같이 일하기도 하지만, 내 역할이 필요한 프로젝트에 합류해서 새로운 팀과 합을 맞추는 경우도 많아요. 일하는 현장과 사람이 매번 달라지죠. 무임금으로 견습생처럼 일하던 시절에 새롭게 만난 팀장님이 제가 일하는 걸 보시고 일당을 줄 테니 같이 일하자고 제안해주셨어요. 3년만 같이 다니면 '마스터 빌더'로 만들어 준다고 하시면서요. 그 말에서 저에 대한 신뢰와 책임감이 느껴졌어요. ”

집을 짓는 데 필요한 모든 것을 할 줄 아는 빌더를 '마스터 빌더'라고 한다. 팀장님의 제안에 아진은 처음으로 인정을 받은 기분이었다고 했다. 자신의 가능성을 알아봐준 게 고마웠고, 뿌듯했다. 아진은 언젠가 마스터 빌더가 되고 싶다.

“ 마스터 빌더는 집을 설계하고, 그 집을 짓기 위해서 어떤 설비나 자재가 필요한지 파악하고, 팀원들에게 일을 분배하고 직접 시공까지 참여하는 총 책임자예요. 이론 공부를 시작하고 집 구조의 원리나 계산법을 익히면서, 마스터 빌더는 작업 전체를 컨트롤하며 끊임없이 생각해야 하는 자리라는 걸 알게 됐어요. 목조 주택은 다른 건축물에 비해 건축주의 요청에 따라 현장에서 바로바로 수정되는 경우도 많은데, 그럴 때 마스터 빌더의 역할이 아주 중요해요. 집 짓는 일은 서로 다 연결돼 있어서 어떤 요소 하나가 바뀌면 다른 작업에 영향을 줄 수밖에 없거든요. 예를 들면, 창문 사이즈가 바뀌면 바닥이 받는 무게가 달라지면서 벽체가 약해질 수 있어요. 그럼 어디를 어떻게 바꿔야 할지 파악하고 계산해야 되는 거죠. ”

아진은 아빠, 팀장님과 셋이서 팀을 꾸려 일하기 시작했다. 다양한 지역의 현장에서 일해야 하는 상황은 이전과 비슷하지만, 팀이 구성되면서 안정적으로 배울 수 있는 환경이 생긴 것이다.

“ 요즘 팀장님 역할에 틈틈이 욕심을 내고 있어서, 작업에 필요한 자재 수량을 계산하거나 설계 작업을 해보겠다고 나서요. 부족했던 마음이 100퍼센트 차는 뿌듯한 작업이에요. 스페인 건축가 안토니 가우디가 “머리로만 하는 작업은 진짜 건축이 될 수 없다”고 말했거든요. 머리와 몸을 둘 다 쓸 수 있어야 한다는 뜻이에요. 내가 맡은 작업 하나에 집중하기보다는 전체적인 관점으로 살펴야 한다는 뜻이기도 하고요. 저는 아는 게 많아질수록 스스로에게 혹독해지고 기준이 높아져요. 사람이 사는 집을 짓는다는 책임감이 점점 강해지고요. 뿌듯함과 재미로만 할 수 있는 직업은 아니라는 걸 알게 됐어요. ”

셋이 팀으로 일한 지 1년이 지났고, 그 동안 아진은 팀워크에 대해 배웠다. 각자의 강점으로 서로를 보완하는 경험은 매우 소중하다.

“ 이 팀으로 오래 일하면서 팀워크의 중요성도 많이 느껴요. 저랑 아빠는 일하는 성향이 되게 다르거든요. 아빠는 1밀리미터의 오차도 용납하지 않는 섬세함이 있어서 마무리 작업을 잘 하세요. 저는 그걸 힘들어하지만 목재를 이어 골조를 만드는 작업을 좋아해요. 이런 부분이 서로 보완이 돼서 잘 맞아요. 혼자서 할 수 없는 일이 있고, 팀원이 모두 같은 목표를 가지고 움직여야 튼튼한 집이 완성된다는 걸 배웠어요. 우리는 ‘지지고 볶아도 결국 으쌰으쌰 하는 팀’이에요. 현장에서는 친구 같아요. 매일 투닥투닥 다퉈도 결국 서로밖에 없거든요. 혼자서 지칠 때도 곁에 있는 사람들을 보면 힘이 나요. ”

기록하고 소통하고 연결되는 경험

아진에게는 또 다른 팀이 있다. 아프리카TV와 유튜브 채널의 구독자들이다. 슬럼프가 오면 어떻게 극복하는지, 더 잘하고 싶은 마음은 어떻게 다스려야 하는지 등을 질문하면서 세상을 살아가는 데 필요한 배움을 얻는다.

“ 학교를 그만뒀을 때 학생도 사회인도 아니니까 세상과 단절됐다는 느낌이 컸어요. 목표도 없고 세상 돌아가는 이야기도 모르겠던 때에, 엄마가 유튜브나 아프리카TV 같은 플랫폼에 일기처럼 매일을 기록해보라고 조언을 해주셨어요. 기획된 콘텐츠가 아니라 그냥 있는 그대로를 남겨보라고요. 모난 모습이나 실패하는 모습도 기록하면 나중에 자산이 되고 저와 비슷한 시기에 방황하는 다른 친구들에게도 도움이 될 거라고 하셨어요. 또, 온라인에서는 지금 내 반경 안에서 만날 수 없는 스승을 만나게 될 수도 있다고 하시더라고요. 처음에는 무슨 말인지 잘 몰랐어요. 그냥 소외되고 싶지 않고 사람들이랑 연결되고 싶어서 방송을 시작했던 것 같아요. ”

아진에게 엄마는 '자기보다 자신을 더 아는 존재'라고 했다. 평소에는 관찰자의 태도를 유지하지만, 결정적인 순간에 주는 조언은 늘 도움이 되었다. 기록이 갖는 의미를 정확히 이해할 수는 없었지만 조언을 따라보기로 했다.

“ 그런데 한국에서의 빌더에 대한 인식을 제가 잘 몰랐던 거예요. 호주에서는 돈도 많이 벌고 대우가 좋은 직업이어서 빌더를 꿈꾸는 친구가 많았거든요. 그런데 한국에서 저는 '노가다' 하는 어린애인 거예요. 막노동, 3D 직업이라는 말을 들을 때마다 이 일이 얼마나 의미 있는 일인지 설명했는데도 안 듣더라고요. 진지하게 빌더가 되려는 게 아니라 인기를 얻고 싶어 하는 거라고 오해도 많이 받았어요. 그럴수록 더 솔직하게 기록하려고 했어요. 오늘은 무엇을 배웠는지, 왜 힘들었는지 하나하나 수집하듯 남겼어요. 기록이 쌓여야 인정받을 수 있을 것 같아서 그만둘 수 없더라고요. 편견에 맞서는 일은 쉽지 않았어요. 만약 과거로 돌아간다면 못 할 것 같아요. ”

시간이 지나자 아진의 바람대로 사람들의 시선이 변화하기 시작했다. 힘든 시간을 버티며, 사람들과 연결되려는 노력을 멈추지 않았던 이유는 아진이 앞으로 그리는 삶과 맞닿아 있다.

“ 사실 현장에서 일하는 것보다 방송을 하는 게 더 힘들었어요. 그래도 포기하지 않은 이유는, 세상으로 나아가는 걸 포기하고 싶지 않아서예요. 저는 세상에 좋은 영향을 미치는 사람이 되고 싶거든요. 내가 가지고 있는 재능을 잘 길러서 세상에 선물하고 싶어요. 그러기 위해서는 다른 사람들과 끝까지 소통하는 경험이 필요할 거라고 생각했어요. 시간이 지나니까 노력을 알아보는 분들이 점점 늘어났어요. 덕분에 사람의 마음을 움직이는 법도 배웠고요. 지금은 구독자들이 가족 같아요. 일하면서 힘들 때마다 고민을 털어놓으면 따끔한 조언과 다정한 위로를 해주시거든요. 그토록 원했던 나의 팀이 여기 있다는 생각에 동기 부여가 돼요. ”

어려서가 아니라, 배우기를 선택했기 때문에

‘노가다’는 공사판에서 막일을 하는 인부를 의미한다. 사전에는 ‘행동과 성질이 거칠고 불량한 사람을 속되게 이르는 말’이라는 설명이 붙는다. 일을 선택하고 지속할 때는 만족감과 성취감만큼 자부심도 필요하다. 사회에서 내 직업을 어떤 시선으로 바라보는지도 신경이 쓰일 수밖에 없다. 예상치 못했던 폄하를 마주하면서, 아진은 자신의 선택을 후회하지는 않았을까?

“ 빌더가 충분히 멋진 직업인 걸 알고 있으니까 후회는 없어요. 하지만 이 직업에 대한 인식은 반드시 바뀌어야 한다고 생각해요. 제가 방송을 하는 이유도 빌더에 대해 알리고 인식을 바꾸는 데 도움이 될 거라고 생각했기 때문이에요. 윗세대 목수 중에도 노력하시는 분들이 많거든요. 유튜브 채널을 꾸준히 운영하는 분, 인스타그램에 작업을 올리는 분도 있어요. 자부심을 갖고 일하는 분들을 보면서 많이 배웠어요. 정체성을 드러낼 수 있는 패션으로 작업복을 입는 것도 이 직업을 드러내는 방법 중 하나인 것 같아서 요즘에는 작업복이나 툴 벨트도 신경 써요. 그러니까 자신감이 생기더라고요. 인식을 바꾸기 위해서는 스스로를 먼저 돌봐야겠다고 생각하게 됐어요. ”

아진은 사람들을 말로 설득하는 것보다는 그들이 납득할 수 있는 모습을 직접 보여주는 게 효과적이라고 했다. 그리고 시대의 흐름은 지금보다 더 나은 방향으로 가고 있다고 믿는다.

“ 저랑 비슷한 생각을 하는 또래 친구들이 늘어나면 사회가 변할 거라는 희망이 있어요. 목수라는 직업에 대한 관심과 존중이 늘어나면 빌더라는 개념도 더 확실해질 거예요. 요즘 10대, 20대 분들이 인스타그램 메시지를 많이 주세요. 학교를 자퇴하고 업계에 들어오게 됐다거나 건축학과를 준비하고 있다면서요. 제 존재가 힘이 됐다는 말을 들을 때마다 제 이야기를 기록하고 공유하길 잘했다 싶어요. 저만큼 힘든 시기를 보내고 있을 또래들에게 '같이 힘내보자'는 메시지를 정말로 전하고 싶었거든요. ”

“저는 어려서 배우는 게 아니라, 목조 건축에 대해 아는 게 많지 않아서 배우고 있는 거예요.” 아진이 자신의 유튜브 채널에서 했던 말이다. 나이가 어릴수록 앞으로 알아갈 세계가 더 넓겠지만, 나이가 어리기 때문에 배워야 한다는 말은 성립되지 않는다. 나이가 많든 적든 모른다면 배워야 한다. 아진이 바꾸고 싶은 사람들의 인식은 직업의 가치에 대한 것뿐만이 아니다.

“ 어리기 때문이 아니라, 나라는 사람이 배우기를 선택했기 때문에 배우는 거라고 말하고 싶어요. ‘학생이라면 배워야 한다’는 게 기본적인 인식이니까 미성년자가 사회에서 받는 억압이나 강요가 있잖아요. 그런데 어른들이 하라고 해서 했을 때 실패하면 내 인생에 피해자와 가해자가 생기지만, 다른 사람들이 정해둔 기준을 떠나서 스스로 해보겠다고 마음먹은 일은 나중에 후회가 되더라도 나를 더 단단하게 쌓는 경험으로 남는다고 생각해요. 최근 자퇴를 해야 할지, 현장에서 일을 시작해야 할지에 대한 질문을 많이 받아요. 이 길을 선택한다면 꼭 실무를 해보면 좋겠지만, 당장 자퇴를 하고 현장을 먼저 경험하라고 강요하고 싶지 않아요. 각자 배우는 속도나 방식이 다르잖아요. 현장에서 시작하는 방식이 맞지 않을 수 있어요. 하지만 추천하지 않는 길도 아니에요. 저는 현장에서 아주 많이 배웠거든요. 학교냐 현장이냐를 정하기보다는 자신에게 어떤 방식이 잘 맞을지 고민하는 게 먼저인 것 같아요. 대신 관심이 생겼다면, 한 번이라도 직접 경험해보는 게 도움이 될 거예요. ”

결국 필요한 건 용기

아진의 유튜브 영상에서, 시청자의 질문에 답하는 아진의 곁을 지나던 한 동료는 이렇게 말했다. "일을 할 때 자격증은 필요 없어요. 용기만 있으면 되지." 또 다른 영상에서 아진은 이렇게 말하기도 했다. "좋아하는 일을 하는 게 이렇게 용기가 필요한 일인지 몰랐어요." 누군가를 따라가는 게 아니라 나의 길을 만들어갈 때, 용기는 정말 중요하다.

“ 어떤 일을 시작할 마음을 먹는 것도 어렵지만, 내가 있는 자리에서 엉덩이를 떼는 게 정말 어렵잖아요. 현재 편안하고 안전한 상태라면 더 힘들 거예요. 그래서 용기가 중요한 것 같아요. 지레 겁먹고 주춤주춤 간을 보는 게 아니라, 풍덩 빠지더라도 후회 없이 나를 던져볼 용기요. 위험이 큰 만큼 멋지게 성장할 수 있거든요. 내가 좋아하는 일을 하며 자립하는 건 멋지고 자유롭게 느껴

DEWALT

용기가 중요한 것 같아요.
지레 겁먹고 주춤주춤
간을 보는 게 아니라,
풍덩 빠지더라도
후회 없이 나를 던져볼 용기요.

지지만 한편으로는 책임감과 부담감이 커요. 회피하고 싶기도 하고, 누가 날 괴롭히는 것도 아닌데 힘들기도 하거든요. 그럴 때마다 내 선택에 책임을 질 용기가 필요해요. ❞

좋아하는 일을 선택할 때도, 성장을 위해 배울 때도, 의심이 되고 불안할 때도 아진에게는 용기가 필요했다. 진로에 있어 스스로 무언가를 선택한다는 건 용기를 낸다는 말과 같았다. 여러 번의 선택을 거친 아진에게 용기를 내는 데 도움이 되는 방법이 있는지 질문했다.

❝ 용기를 내는 특별한 방법은 없어요. 그냥 가만히 앉아서 내가 이 일을 하려고 했던 이유를 생각해요. 이 일을 시작할 때의 마음을 찬찬히 들여다보면 자연스럽게 일어나게 되는 것 같아요. '왜 이렇게 아등바등하고 있지?' 싶다가도 지구에 조금이라도 도움을 주는 예술가가 되고 싶다는 마음을 떠올리면 지금 하고 있는 모든 일들에 의미가 생겨요. 불안하고 힘들 때면 혼자 그 마음을 계속 들여다봐요. 그러면 이유를 알게 되고, 제 감정을 이해하게 돼요. 잠깐 휴식이 필요하다는 생각도 해요. 멈춘다고 해서 포기한 건 아니니까요. ❞

감정을 다루는 방식은 여러 가지다. 들여다보거나, 회피하거나, 표현하거나. 때에 따라 나를 지킬 수 있는 방법으로 감정을 대하다 보면, 지금 나에게 진짜 필요한 것을 알게 되기도 한다.

“ 사실 불안해요. 목표를 향해서 계속 나아가고 있는데, 과연 그 목표를 이뤘을 때 행복할까 싶어요. 눈 감았다 뜨면 40대가 되어 있으면 좋겠다고 생각한 적도 있어요. 그때는 어느 정도 업적을 쌓아서 지금보다 훨씬 여유가 있을 테니까요. 그런데 정말 그 날이 오면 어떤 기분일지 상상해보니까 별 감흥이 없고, 오히려 어려움을 극복하는 순간이 더 눈부실 것 같은 거예요. 그런 시간들이 모여 나를 만드는 거잖아요. 그러니까 지금을 더 난장판으로 보내고 싶어졌어요. 고생해도 좋으니까 매일 새로운 경험을 하고 열정을 쏟고 싶어요. 들판에 핀 꽃보다는 돌 사이에 꾸역꾸역 핀 이끼가 되고 싶어요. 아무것도 하지 않고 하루를 보내는 날이 괴로워요. 어떻게 하면 더 단단하게 성장할 수 있을지가 요즘의 고민이에요. ”

일단 전진하는 거예요

바람 잘 날 없이 바쁜 일상을 보내는 아진은 평온한 날이면 불안하다고 말했다. 바람을 맞는 날이 있으면 따뜻한 햇볕을 받는 날도 있어야 되지 않겠냐고 묻자 그 햇볕이 너무 뜨겁게 느껴진다고 했다. 아진은 태풍의 눈 속에 있는 것 같은 느낌에 쉬지 않고 어떻게 하면 더 성장할 수 있을지를 생각한다. 매 시간이 귀하고 아까울 만큼 간절히 이루고 싶은 것에 대해 물었다.

> “ 마스터 빌더가 되고 싶은 이유는 딱 하나예요. 돈을 잘 벌거나 이름을 떨치고 싶은 게 아니에요. 전 세계를 돌아다니면서 도움이 필요한 사람들에게 집이나 학교를 만들어주고 싶어요. 건축물에 거주하는 사람과 그들의 이야기가 빠지면 그건 그냥 콘크리트와 나무 덩어리잖아요. 저는 지구에 필요한 공간을 선물하고 싶어요. 사각 지대에 있는 사람들에게 조금이라도 제 힘을 나눠주고 싶어요. ”

아진이 중학생 때, 아진의 부모님은 직장을 그만두고 배낭여행을 하셨다고 했다. 호화로운 여행보다는 세계 곳곳의 구석진 곳을 눈에 담는 모험에 가까웠다. 세상이 얼마나 넓은지, 지구라는 공동체의 일부로서 어떤 영향을 주고받으며 살아야 할지에 대한 생각은 아진에게 이어졌다.

“ 엄마는 늘 저에게 선택권을 주셨어요. 경제적으로 여유롭지도 않았는데 다양한 경험을 하게 도와주셨고요. 대신 똑같은 칼로 누구는 사람을 죽이고 누구는 요리를 하는 것처럼, 사람을 아프게 하는 것도 사람이지만 사람을 치유하는 것도 사람이라는 걸 기억하라고 하셨어요. 타인을 사랑하고 싶고, 세상에 보탬이 되고 싶다는 마음이 자연스럽게 자랐어요. 엄마는 저를 잘 알지만, 직접적으로 답을 주시지는 않아요. 제가 스스로 경험하고 깨닫기를 바라셨고, 실패도 많이 했으면 좋겠다고 하셨어요. 그런 말을 이해하지 못했던 시절도 있지만, 지금은 그저 감사해요. 아빠는 현장에서 제가 실수를 해도 슬쩍 눈감아 주거나 도와주는 경우가 없어요. 처음에는 서운했는데, 이제는 고마워요. 딸이 아니라 한 명의 인간으로 절 대하는 거니까요. 누구보다 제가 가진 가능성이 크다고 생각하는 분이기도 하고요. 덕분에 제가 할 수 있는 일을 상상하는 데 한계를 두지 않게 됐어요. ”

지금 아진은 마스터 빌더를 목표로 하고 있지만, 마스터 빌더가 자신을 전부 담을 수 있는 단어는 아니라고 말한

다. 아진이 최종적으로 되고 싶은 모습에 대해서 물었다.

" 앞으로도 꾸준히 경력을 쌓아 좋은 빌더가 되라는 말을 많이 들어요. 그런데 빌더라는 직업은 저의 목표나 꿈이 아니에요. 빌더 일을 계속하고 있는 건, 건축을 기반으로 다양한 영역으로 뻗어나가기 위해 꼭 필요한 경험이라고 생각하기 때문이에요. '지구를 무대 삼아서 사람들에게 도움이 되는 작품을 창조하는 예술가'가 제 목표와 가장 가까운 문장인 것 같아요. 혼자 해낼 수 있는 일은 아니라서 함께 갈 팀원들을 모으는 것도 중요해요. 같은 목표를 향해 가는 동료들을 찾고 싶어요. 부모님도 그 길을 같이 가는 동료고요. 이 일의 좋은 점은 함께 해야 해낼 수 있는 일이고, 일하는 사람들의 마음을 하나로 만드는 일이라는 거예요. 저는 리더가 되려면 다른 사람에게 일을 맡기지 않고 모든 걸 할 줄 알아야 한다고 생각해요. 그래서 하기 싫은 작업도 거의 울면서 꾸역꾸역 배워요. 꿈을 이루려면 도망갈 구멍이 없어야 되는 것 같아요. 요즘도 이 길이 맞나 계속 고민하지만, 일단 전진하는 거예요. 다른 길은 없어요. ”

진로에 대한 고민은 단순히 직업 세계와 나의 적성에 대해 이해한다고 해서 해결될 수 없다. 꿈꿀 수 있는 환경에 있는지, 나를 둘러싼 사회는 어떻게 변화하고 있는지, 성취감을 느끼는 순간과 스트레스를 받는 때는 언제인지, 삶에서 중요하다고 생각하는 가치와 철학이 무엇인지 등 다양한 질문이 얽혀 있기 때문이다.

나만의 길을 찾기 위해서는 '희망 직업'을 넘어서는 새로운 질문이 필요하다는 걸 알게 된 아진은 세상에서 직접 경험하며 답을 찾았고, 다양한 관계 속에서 영향을 주고받으며 성장했다. 흔들릴 때마다 붙잡아 준 부모님이, 빌더의 기술을 가르쳐 준 선배님이, 세상은 넓고 다양한 관점이 있다는 걸 알려준 사람들이 있었기에 아진이 가고자 하는 방향성은 더욱 선명해졌다.

아진에게 무엇보다도 중요했던 건 후회 없는 선택이다. 결정의 순간마다 신중하게 자기 안의 목소리에 귀기울이고, 하기로 마음먹었다면 조금의 아쉬움도 없도록 흠뻑 빠져 경험해보는 것이 아진의 방식이다. 직접 경험해보는 것이 무조건 정답은 아니지만, 어떤 순간에는 최고의 선택지일 수 있을 것이다. 선택할 용기는 우리 안에 있다.

나에게도 질문 옮겨오기

✧

★ 좋아하면서도 잘하는 것을 생각해 볼까요?

내가 좋아하는 것과 잘하는 것의 교집합에는 어떤 것이 있나요? 꾸준히 일기 쓰기, 게임 캐릭터 꾸미기, 분위기에 어울리는 노래 틀기 등 다양한 활동을 떠올려보세요. 그리고 좋아하는 것과 잘하는 것 외에 하나의 동그라미를 더 그려본다면, 어떤 원을 그릴 수 있을까요? 아진이 '세상에 도움이 될 수 있는 일'이라는 원을 하나 더 그린 것처럼요.

★★ 내 주변에는 어떤 존재가 있나요?

마음이 힘들 때 의지할 수 있는 존재, 고민이 있을 때 논의할 수 있는 사람, 스트레스가 쌓이면 함께 풀 수 있는 친구, 정보력이 좋아서 새로운 사실들을 알려주는 동료… 내 주변의 존재들은 나에게 어떤 의미인가요? 그리고 나는 다른 이들에게 어떤 존재가 되고 싶나요?

에필로그

내 일을 고민하는 당신에게

2021년 6월, 출판사로부터 일하는 청소년들의 인터뷰집을 함께 만들고 싶다는 제안을 받았을 때 완전 '내 일'이라고 생각했답니다. 어린 시절 장래 희망으로 적어냈던 선생님은 되지 못했지만, 꾸준히 청소년을 가까이서 만날 수 있는 일을 해왔어요. 청소년들의 다양한 목소리를 더 많은 사람에게 들려주는 것은 제가 가장 잘할 수 있는 일이라고 생각했어요.

우리는 누구나 청소년인 시기가 있었는데, 성인이 된 후에 어느 순간 주변을 둘러보면 아는 청소년이 없잖아요. 청소년이라는 존재를 자신과는 다른 세계의 사람처럼 느끼기도 하고요. '다음 세대'라는 이름 아래 청소년이 지금 할 수 있는 일을 나중으로 미루는 걸 당연하게 여기는 어른들의 태도는 이런 이상한 거리감에서 온다고 생각했습니다. 그래서 서로 다른 인생의 무대에 있을 뿐 청소년 역시 우리와 같은 시대를 살고 있고, 자신만의 이야기를 만들어가고 있는 존재라는 건 늘 말하고 싶은 주제였어요. 더 많은 사람이 청소년의 이야기를 궁금해하고, 청소년을 성장해야 할 존재가 아니라 동등한 존재로 여기게 된다면, 자기 안의 목소리에 집중하며 하고 싶은 일을 찾아가는 청소년이 늘어나리라고 생각했어요.

하고 싶은 이야기로 시작했지만, 해야 할 이야기는 인터뷰이들과의 대화에서 찾았습니다. 하고 싶은 일을 찾아간 경로, 일하는 마음과 태도, 개인의 삶과 일의 관계에 대해 밀도 높은 대화를 나누며 여섯 명이 가진 각각의 고유함을 발견하게 됐어요. 제가 만난 그들은 가야 할 길이 까마득하다고 생각하면서도 기대감을 잔뜩 품고 있었고, 마음을 단단히 먹고 지금 당장 할 수 있는 일을 하면서 계속 걸어가는 사람들이었습니다. 덕분에 다양한 관점으로 '내 일'에 대해 이야기할 수 있었어요. 자신의 이야기를 아낌없이 나눠준 수현, 지우, 현정, 유진, 아진에게 다시 한 번 고마움을 전합니다.

이 책을 집어 들었다면, 자신 또는 누군가의 진로에 대한 고민을 하고 있을 거라고 생각합니다. 관심사는 어떻게 찾는 건지 궁금한 사람, 하고 있는 일에 응원이 필요한 사람, 일을 좋아하는 마음에 되새김이 필요한 사람, 선택할 용기가 필요한 사람일 수도 있겠어요. 진로 고민이라는 커다란 단어 아래, 책 속에서 와 닿는 이야기가 모두 달랐을 거예요. 바로 그 지점에서 자신의 이야기를 시작해보면 어떨까요? 왜 이 대목에 공감했는지 스스로에게 질문을 던져보면서요.

하고 싶은 일을 찾기 위해서는 '장래 희망'을 넘어서 새로운 질문이 필요합니다. 책에서 인터뷰이들의 성공과 성취 뒤에 숨은 일의 이유와 과정, 어려움과 불안감까지 숨김없이 담은 이유는 우리가 진로를 결정할 때 빼놓지 말고 고려해야 할 부분이라고 생각했기 때문이에요. 내 일을 계속해나가기 위해서는 직업에 대해 아는 것 못지않게 스스로를 잘 이해하는 것도 중요하니까요. 인터뷰이의 이야기를 읽으며, 나라면 어떤 선택을 했을지 구체적으로 상상하고 이전에는 생각해보지 못했던 자신의 모습을 발견할 수 있다면 좋겠습니다.

책을 읽다 보면 진로에 대한 고민뿐 아니라 청소년에 대한 생각 그리고 사회 구성원으로서 함께 고민해야 할 주제가 머릿속에 남았을 거예요. 미래지향적인 관점이란, 미래에 지구에서 살아가야 할 존재들을 헤아리는 태도라고 생각합니다. 지금의 나에게 집중하되, 미래의 우리를 살피는 동료들이 늘어나기를 바랍니다.

책을 쓰고 있는 지금, 저는 프리랜서로 일하고 있습니다. 장래 희망으로 프리랜서를 적어 냈던 때만큼 특별하게 느껴지지는 않아요. 하고 싶은 마음을 따라 흘러온 제게 직업명은 큰 의미가 없더라고요. 그래서 저는 어떤 일을 하고 있냐는 질문을 받을 때가 좋아요. 나의 일을 설명하기 위해 해야 할 말이 많지만, 어떤 생각과 태도로 일하고 있는지 얘기하는 게 재미있거든요! 여러분도 즐겁게 이야기할 수 있는 '내 일'을 만나면 좋겠습니다.

2022년 1월

여러분의 내일이 궁금한

문숙희

이아진
심수현
김지우
윤현정
최영민
신유진